"Entre el amor y la locura: Plac
Gomorr
Volumen
Marie Dacheka

"Entre amor y locura: placer, poder y corrupción a Gomorra"

5, Volume 2

Marie Dachekar Castor

Published by Marie Dachekar Castor, 2024.

This is a work of fiction. Similarities to real people, places, or events are entirely coincidental.

"ENTRE AMOR Y LOCURA: PLACER, PODER Y CORRUPCIÓN A GOMORRA"

First edition. November 14, 2024.

Copyright © 2024 Marie Dachekar Castor.

ISBN: 979-8230071204

Written by Marie Dachekar Castor.

Also by Marie Dachekar Castor

5
Entre amour et Folie : Le plaisir, le pouvoir et la corruption à Gomorrhe
"Entre el amor y la locura: Placer, poder y corrupción en Gomorra"
"Entre amour et folie: Le plaisir, le pouvoir et la corruption à Gomorrhe"
"Entre amor y locura: placer, poder y corrupción a Gomorra"
Entre amour et folie: le plaisir, le pouvoir et la corruption à Gomorrhe

Standalone
Au delà des préjugés: L'amour au coeur des obstacles
El precio de la desesperación: Inmersión en la realidad de la prostitución y búsqueda de soluciones
Los tabúes de la sociedad
Las Complejidades de la Infidelidad en las Relaciones entre Hombre y Mujere
Recetas magicas
"Entre la belleza de la juventud y el miedo a envejecer: La alimentación como clave para la vitalidad."

Tabla de contenido

Prefacio
Parte I: Gomorra, la ciudad de los placeres
Capítulo 1. Un pueblo en los márgenes
- Introducción a Aïah y su mundo.
- La decadencia de Gomorra
Capítulo 2. La Fiesta Anual
- Descripción de la emoción del pueblo.
- Presentación de Ackeli Hicha y su encanto.
- La tensión entre Aïah y Ackeli
Capítulo 3. Las Sombras de la Fiesta
- Los rituales de la fiesta.
- Los pensamientos de Aïah sobre su futuro.
- Los primeros signos de la amenaza.
Parte II: Deseo y Manipulación
Capítulo 4. Los Obsesionados
- El sutil coqueteo entre Aïah y Ackeli
- Flashbacks de encuentros pasados
- Aïah lucha con sus sentimientos.
Capítulo 5. L'Ascensión de Ackeli
- Las ambiciones de Ackeli en el mundo de la música.
- Cómo lo transforma su fama
- Sus interacciones con otras figuras influyentes.
Capítulo 6. Una noche loca
- La fiesta da un giro dramático.
- Aumenta la tensión entre Aïah y Ackeli
- El intento de Ackeli de conquistar Aïah
Parte III: La Caída
Capítulo 7. El acto brutal
- La fatídica noche de la violación.
- Las emociones, el dolor y la vergüenza de Aïah.
- El silencio impuesto por el miedo

Capítulo 8. Un tío como observador
- Introducción de Akouar y su punto de vista.
- El Peso del Silencio
- La decisión de filmar la escena.
Parte IV: Revelación y Revuelta
Capítulo 9. El gatillo
- Akouar decide revelar la verdad.
- La creciente tensión durante la fiesta.
- Su enfrentamiento con la multitud.
Capítulo 10. El vídeo revelado
- Transmitir el vídeo al pueblo.
- Reacciones del público e impacto en Aïah
- La deshumanización de Ackeli
Capítulo 11. La guerra de las palabras
- Las reacciones de Ackeli al vídeo.
- La espiral de la reputación y el poder
- Conciencia comunitaria
Parte V: Lucha por la justicia
Capítulo 12. El duelo moral
- El enfrentamiento entre Aïah y Ackeli
- Las decisiones de Akouar para defender a su sobrina
- La reflexión de Aïah sobre la justicia y el perdón.
Capítulo 13. Aliados inesperados
- La aparición de personajes secundarios.
- Ayuda para Aïah y apoyo en su lucha.
- La importancia de la solidaridad ante la adversidad
Capítulo 14. Voz de rebelión
- El auge de la voz femenina en Gomorra
- Apoyo de otras mujeres del pueblo.
- El llamado a la justicia y la reforma.
Parte VI: Reconstrucción y Renovación
Capítulo 15. El reflejo de Aïah

- Los efectos del incidente en su vida.
- Aïah encuentra formas de reconstruirse
- Las dudas y esperanzas que la atraviesan.

Capítulo 16. L e Peso de la Verdad
- Las consecuencias de la exposición de Ackeli.

- Desarrollo del personaje a lo largo de la historia.

- Epílogo

Prefacio

En las ruinas de Gomorra, donde los fuegos del placer humano arden sin cesar, los destinos se entrelazan en una danza caótica de deseo, poder y corrupción. Este libro es más que una simple historia de amor o traición. Se sumerge en lo más profundo de las almas, donde la luz de la verdad choca con las sombras de la decadencia moral.

Entre Amour et Folie es un espejo frente a una sociedad donde los excesos se establecen como normas, donde la belleza se codea con la violencia y donde quienes aspiran a la pureza son a menudo los más atormentados. A través de la historia de Aïah Floence Hina, una joven atrapada en el torbellino de una pasión no correspondida y un crimen impensable, exploramos los frágiles límites entre la inocencia y la culpa, entre el amor verdadero y la obsesión.

Cada personaje de esta historia encarna un rostro de nuestra propia realidad: el que ama, el que desea, el que abusa de su poder y el que lucha por la justicia. Aïah representa a todos aquellos que han sido silenciados, pero que buscan, contra viento y marea, encontrar su voz. Ackeli, la estrella caída, simboliza la corrupción desenfrenada que se esconde debajo de las apariencias brillantes. Y Akouar, como testigo silencioso, nos muestra que la verdad, incluso cuando sea incómoda, debe salir a la luz.

Al leer estas páginas, será transportado a un mundo donde las líneas entre el bien y el mal se difuminan, donde las pasiones humanas se intensifican y donde la búsqueda de la justicia toma una forma nueva y radical. A través de este camino, te invito a reflexionar sobre tus propios valores, sobre las fuerzas que te guían y sobre cómo el amor, en todas sus formas, puede salvar y destruir.

Bienvenidos a Gomorra, donde el amor y la locura bailan de la mano.

Parte I: Gomorra, la ciudad de los placeres
Capítulo 1: Un pueblo en los márgenes

En las fronteras de Gomorra, la ciudad famosa por sus placeres ilimitados y su decadencia desenfrenada, existía un pequeño pueblo casi olvidado por el tiempo: **Eva 3**. Este pueblo, con sus colinas verdes y sus casas de piedra erosionadas por el viento, se encontraba en la frontera entre dos mundos. Por un lado, la sencillez de la vida rural, donde el sol dictaba el ritmo de los días y la naturaleza ofrecía un respiro ante las luces cegadoras de Gomorra. Por el otro, la tentación irresistible de una ciudad donde cada deseo encontraba su respuesta, donde las noches se fundían en días en un frenesí de placeres.

Aquí, en este remoto pueblo, vivía **Aïah Floence Hina**, la única hija de **Jusuf Nock Ehén Boulaïf**. El nombre de Jusuf todavía resonaba como una leyenda en Eva 3. Había sido un hombre influyente, un protector de la aldea, que, tras la trágica muerte de su esposa, había decidido abandonar la tumultuosa vida de Gomorra para criar a su hija lejos. de los vicios de la gran ciudad. A sus ojos, **Aiah** representaba la pureza que había tratado de preservar. Era una flor delicada en un mundo brutal, un alma reservada cuya sencilla belleza contrastaba con el libertinaje que la rodeaba.

Aïah, que ahora tenía veintitantos años, había crecido en este frágil equilibrio entre dos mundos. Ella era a la vez producto de la inocencia del pueblo y una espectadora distante de Gomorra, esta ciudad cuyos ecos de libertinaje resonaban incluso en las tranquilas calles de Eva 3. Sin embargo, a pesar de su proximidad a esta ciudad tan tentadora para los Otros, Aïah nunca había sentido la ganas de profundizar en ello. **La sencillez y la belleza de la naturaleza** fueron suficientes para alimentar sus sueños.

6

Las mañanas en este pueblo estaban teñidas de una dulce melancolía. A Aïah le gustaba levantarse temprano, aprovechando el aire fresco que corría por la llanura. **El canto de los pájaros** y el murmullo de los arroyos trajeron a su alma una paz que Gomorra nunca podría haber ofrecido. A menudo caminaba sola, sus pensamientos vagaban por las colinas, soñando con un amor que aún no había conocido pero que esperaba fuera puro, lejos de los excesos que parecían consumir el pueblo vecino.

A pesar de su apariencia tranquila, **Eva 3** llevaba en su interior una tensión sorda, porque era imposible vivir tan cerca de Gomorra sin sentir su influencia. Cada año, al mismo tiempo, los habitantes del pueblo se preparaban para **el festival anual**, una oportunidad para que Eva 3 se abriera brevemente a sus vecinos de la ciudad. Para muchos, fue una oportunidad de disfrutar de los placeres prohibidos que Gomorra tan fácilmente ofrecía. Pero para Aïah, estas fiestas eran un cruel recordatorio de lo que nunca quiso ser.

"Este año será diferente", le había dicho su padre una tarde en la que la luz dorada del crepúsculo inundaba su modesta casa. **Jusuf**, con el rostro marcado por los años y las pérdidas, parecía preocupado a medida que se acercaban las festividades. Sabía que, ya adulta, su hija llamaba la atención y temía que Aïah ya no pudiera escapar de la atención de los hombres de Gomorra.

"Ackeli Hicha", añadió con voz profunda. "Él estará allí".

Este nombre hizo estremecer a Aïah. Ackeli, la estrella en ascenso, cantante del grupo Ochala, era conocido por su encanto devastador y sus interminables conquistas. Aïah se había encontrado con él varias veces durante eventos anteriores y cada vez había sentido una mezcla de fascinación y rechazo. Ackeli encarnaba todo lo que le repugnaba en Gomorra: la superficialidad, la arrogancia y esa búsqueda insaciable de poder a través de la seducción.

A pesar de sí misma, no podía negar el efecto que él tenía en ella. Al igual que las demás mujeres del pueblo, su mirada penetrante y sus amables palabras la habían conmovido, pero siempre se recuperaba a tiempo. "No soy como ellos", se repitió a sí misma. Ella no quería ser un mero trofeo para un hombre como él. Sin embargo, en lo más profundo de su corazón, una parte de ella no pudo evitar preguntarse cómo sería sucumbir, sólo una vez, a esta pasión prohibida.

Eva 3 era un pueblo donde todos se conocían y abundaban los rumores. Cada año, las jóvenes del pueblo esperaban con ansias la fiesta, con la esperanza de que un hombre de Gomorra se fijara en ellas y las acogiera en su vida de lujo. Pero Aïah no compartía este entusiasmo. Vio en sus esperanzas una peligrosa ingenuidad. Gomorra destruye todo lo que toca, se dijo.

Sin embargo, a pesar de su vigilancia, sintió que se encontraba en una encrucijada en su vida. Tenía la sensación de que la próxima fiesta sería diferente. Jusuf también pareció sentirlo. La mirada preocupada de su padre la seguía a todas partes, como una sombra. "Ten cuidado contigo misma", le decía constantemente, temiendo que su hija sucumbiera a la tentación que acechaba tan cerca de casa.

Este pueblo, con sus campos apacibles y su aparente calma, estaba a punto de ser sacudido por los ecos de Gomorra. Y en esta colisión de mundos, Aïah tendría que enfrentarse a sus propios deseos, a sus propios miedos y a esa frágil frontera entre el amor puro que soñaba conocer y la locura que Gomorra prometía.

- **Introducción a Aïah y su mundo.**

Aïah Floence Hina era un enigma en su propio pueblo, un contraste vivo en este mundo dominado por los placeres fáciles y el exceso. Si bien la mayoría de las jóvenes de Eva 3 soñaban con encontrar un lugar en la glamorosa sociedad de Gomorra, a ella nunca le había atraído esta vida hecha de ruido y luces artificiales. Sus sueños eran de otro orden: más dulces, más auténticos.

Aïah había crecido bajo la atenta protección de su padre, Jusuf Nock Ehén Boulaïf, un hombre de estricta moral, admirado en el pueblo por su sabiduría y honestidad. Después de la muerte de su esposa, crió a Aia solo, lejos de las influencias corruptoras de Gomorra. Eva 3, un pequeño pueblo remoto, casi aislado del tiempo, representaba a sus ojos un refugio, un refugio donde esperaba que su hija pudiera crecer en paz. Jusuf había hecho todo lo posible para proteger a Aïah de los males del mundo exterior, inculcándole los valores de la sencillez y el respeto.

A pesar de la proximidad geográfica de Gomorra, Aïah fue construida en un mundo separado, bien resguardado de los incendios de la ciudad. Su pueblo, bañado en una tranquilidad casi irreal, era un lugar donde las estaciones dictaban el ritmo de la vida, donde las colinas verdes se extendían hasta donde alcanzaba la vista y donde el canto de los pájaros por la mañana resonaba como un recordatorio de cosas simples. . A Aïah le encantaba caminar descalza por el campo, sentir el frescor de la tierra bajo sus pies y dejar que sus pensamientos vagaran hacia sueños de otro tipo.

Era hermosa, con una belleza natural y luminosa que parecía reflejar la pureza de su alma. Su largo cabello negro, a menudo dejado suelto, ondeaba con el viento como una cascada de seda, y sus ojos oscuros y profundos tenían un brillo que reflejaba la sabiduría de un alma vieja. Pero más allá de su apariencia, fue su reserva y su profundidad mental lo que la distinguió. A diferencia de las mujeres jóvenes de su edad, Aïah no estaba hambrienta de atención o reconocimiento. Se contentaba con poco y prefería la compañía de los libros, los paisajes tranquilos y los vagos recuerdos de su madre, antes que ceder a las tentaciones de la modernidad.

Pero incluso en esta vida protegida, Gomorra nunca estuvo lejos. La ciudad proyectaba su sombra sobre el pueblo y cada año, las grandiosas fiestas que allí se celebraban encendían la imaginación de quienes vivían cerca. Los ecos de sus excesos llegaron hasta los confines de Eva 3, transportados por los visitantes que pasaban o por las historias de jóvenes que regresaban, transformados por los placeres que habían probado en esta ciudad de todas las posibilidades.

Aïah, por su parte, siempre había mantenido las distancias. Para ella, Gomorra simbolizaba todo lo que podía destruir un alma: la vanidad, el poder sin moral y una búsqueda insaciable de placer. Su padre le había contado historias sobre la ciudad, historias de hombres que lo habían perdido todo persiguiendo ilusiones y de mujeres cuyos sueños de amor habían sido aplastados por la crueldad de los hombres influyentes de Gomorra. Estas historias habían marcado profundamente a Aïah, reforzando su desconfianza hacia este mundo exterior.

"Gomorra sólo trae destrucción", se decía a menudo. "No caeré en esa trampa".

Sin embargo, a pesar de sí misma, Aïah no podía ignorar el efecto que **Ackeli Hicha** tuvo en ella. Este cantante de carisma arrasador, adorado por la multitud, se había convertido en una figura emblemática de Gomorra. Ackeli no era sólo una estrella de la música, era un símbolo de seducción y exceso, un hombre cuyo encanto podía doblegar incluso al corazón más fuerte. Durante meses, había puesto sus ojos en Aïah, persiguiendo sus avances con una persistencia desconcertante. Cada mirada que él le dirigía parecía inquietarla un poco más y, a pesar de su obstinada negativa, no pudo evitar sentir cierta fascinación por él.

En el fondo, Aïah sabía que estaba en peligro. Ackeli, con su sonrisa coqueta y sus promesas de romance, representaba una amenaza de la que no podía huir indefinidamente. Cada vez que se cruzaban, en las raras ocasiones en que él venía a Eva 3 para las festividades, parecía estar jugando un juego peligroso con ella, un juego cuyas reglas ella conocía pero no deseaba seguir. Ackeli encarnaba todo lo que despreciaba en Gomorra: fama egoísta, libertinaje y pretensión.

Sin embargo, había otro mundo en Aiah, un mundo escondido bajo su apariencia de calma y dominio. Un mundo donde sus deseos, aunque cuidadosamente reprimidos, se mezclaban con sueños de amor y pasión. Soñaba con una relación profunda, honesta, lejos de juegos de poder y manipulación. Pero Ackeli, en su vida de excesos, había despertado en ella sensaciones que nunca antes había sentido. A pesar de su desgana, a veces se preguntaba cómo sería entregarse, aunque fuera por un momento, a esta atracción prohibida.

A medida que se acercaba el festival anual del pueblo, Aïah sintió que algo crucial se estaba gestando. "Este año todo será diferente", le había dicho su padre una tarde en la que compartieron un momento de tranquilidad. Jusuf parecía más preocupado que de costumbre. Sabía que las miradas de Ackeli a su hija no eran inocentes. También sabía que no podría proteger a Aiah para siempre.

El mundo de Aiah, hasta ahora cuidadosamente conservado, comenzaba a mostrar grietas. Lo sintió, incluso si no estaba dispuesta a admitirlo. Todo lo que había rechazado, todo aquello de lo que había tratado de protegerse, pronto la alcanzaría. En este pequeño pueblo en las afueras de Gomorra, Aïah Floence Hina se enfrentaría a decisiones que nunca imaginó que tendría que tomar.

- ## La decadencia de Gomorra

Gomorra, ciudad legendaria y mítica, fascinaba tanto como asustaba. Encaramado sobre sus relucientes colinas, se elevaba sobre la región como un faro de tentación para todos los que vivían en sus alrededores. Con sus rascacielos, sus inmensos centros comerciales, sus luces de neón que brillaban toda la noche, Gomorra era un espectáculo hipnotizante, una ciudad que nunca dormía. Su reputación como ciudad de placeres estaba bien establecida y cada año atraía a miles de almas en busca de olvidos y emociones.

Pero detrás de sus luces deslumbrantes, Gomorra escondía un lado más oscuro. No era sólo una ciudad donde todo estaba permitido, era una ciudad donde las reglas ya no tenían sentido. La moralidad se había vuelto relativa y los límites se desdibujaban. La riqueza, el poder y el placer lo dominaban todo, y todos buscaban perderse allí, saborear placeres prohibidos. Los habitantes de Gomorra habían dejado de creer en las consecuencias de sus actos. En ese ambiente de total permisividad, los deseos más destructivos eran satisfechos sin el menor remordimiento.

Durante el día, Gomorra era una ciudad moderna, casi corriente. Hombres de negocios trajeados, mujeres elegantes, artistas y diseñadores se cruzaban en las calles abarrotadas. La vida parecía normal, incluso vibrante, como en cualquier gran metrópolis. Pero fue al caer la noche cuando se reveló la verdadera naturaleza de Gomorra. Cuando el sol desapareció detrás de los cerros, los habitantes salieron a vivir otra realidad, mucho más salvaje y descontrolada.

Los clubes nocturnos se llenaban de almas perdidas, que buscaban intoxicarse con alcohol, drogas o encuentros fugaces. En las zonas más oscuras de la ciudad, se realizaban transacciones ilícitas en cada esquina, mientras se celebraban fiestas secretas en las casas de los poderosos. Circularon rumores de reuniones misteriosas en las que la élite de Gomorra participaba en rituales clandestinos, buscando ampliar aún más los límites del placer y el poder. Pero estos murmullos no asustaron a nadie; al contrario, atrajeron a los curiosos, deseosos de profundizar aún más en los excesos.

Los jóvenes se vieron especialmente afectados por el ambiente depravado de la ciudad. Nacidos en este entorno donde el éxito social parecía depender sólo de la apariencia, habían crecido creyendo que todo se podía comprar: amigos, amor, felicidad. La fama, a menudo fugaz, se había convertido en la búsqueda definitiva para muchos de ellos. Rostros jóvenes y atractivos se proyectaban constantemente en pantallas gigantes, vendiendo la imagen de una vida perfecta y sin preocupaciones, mientras que la realidad detrás de escena era muy diferente. Muchas de estas estrellas de corta vida se desvanecieron tan rápido como ascendieron a la cima, quemadas por el ritmo insoportable de esta existencia.

Ackeli Hicha, la estrella en ascenso de Gomorra, fue un ejemplo perfecto. Su voz y carisma habían atraído a miles de fans en toda la ciudad. Pero detrás de su éxito, él era el reflejo de esta sociedad enferma. Proveniente de un barrio modesto, Ackeli había ascendido de rango gracias a su popularidad y su encanto irresistible. Sin embargo, a medida que se hundió más en los excesos de Gomorra, su éxito lo corrompió poco a poco. Ya no era el talento lo que definía a Ackeli, sino los escándalos, las fiestas excesivas y su incapacidad para respetar los límites. Al vivir en el centro de atención, había perdido el sentido de la realidad, creyendo que todo, incluidas las personas, le pertenecía.

Para gente como Ackeli, Gomorra ofrecía un patio de recreo sin reglas. Todo estaba en venta, incluso el alma humana. Las relaciones allí eran superficiales, dictadas por la atracción del poder o la fama. Cada individuo se convirtió en un peón en un juego de manipulación donde la sinceridad no tenía cabida. Las alianzas se hacían y se rompían según intereses personales, y no era raro que las amistades se rompieran de la noche a la mañana para obtener ganancias materiales.

Pero Gomorra no sólo fue corrompida por los placeres personales; también fue a través del poder político. Las élites que gobernaban la ciudad estaban inmersas en intrigas dignas de antiguas tragedias. Las alianzas políticas se mezclaron con intereses económicos, y quienes controlaban los recursos de la ciudad también controlaban sus placeres. Nada se decidía sin corrupción, sin negociación de influencias, e incluso la justicia había perdido su integridad. Los ciudadanos comunes y corrientes, aunque conscientes de esta realidad, ya no tenían fuerzas para oponerse a ella, ya que la máquina de Gomorra estaba muy bien engrasada. Los poderosos sostenían las riendas y cualquiera que se atreviera a desafiarlos era rápidamente apartado.

Para almas como Aia, que soñaban con la pureza, Gomorra representaba todo lo más peligroso y repugnante. Vio esta ciudad como una amenaza constante, no sólo para ella misma, sino para todo lo que amaba. Su padre siempre le había advertido contra sus seducciones, y aunque ella nunca quiso poner un pie allí, Gomorra ejercía sobre ella una especie de fascinación morbosa. Esta ciudad parecía devorarlo todo, incluso a aquellos que pensaban que podían escapar de ella.

A medida que se acercaba el festival anual y los emisarios de Gomorra se dirigían a Eva 3, Aiah no pudo evitar sentir una profunda sensación de aprensión. Sabía que la ciudad ya se había ganado a una gran parte de la juventud del pueblo y temía que la mente de Eva 3 estuviera irreparablemente corrompida. Pero lo que aún no sabía era que este año la decadencia de Gomorra la golpearía duramente, obligándola a enfrentar una realidad que nunca había imaginado.

En esta ciudad donde reinaba el placer, donde los límites entre el bien y el mal se desdibujaban, se gestaba una guerra silenciosa. Y en el corazón de esta guerra, Aïah, a su pesar, tendría que luchar por su supervivencia, por su alma y por lo que quedaba de su inocencia.

Capítulo 2: La fiesta anual

- **Descripción de la emoción del pueblo.**

La fiesta anual de Eva 3 se acercaba rápidamente y una emoción palpable se apoderaba del pueblo. Los preparativos estaban en marcha: las calles estaban decoradas con guirnaldas de colores, los puestos de comida y bebida iban tomando forma y los artesanos locales mostraban sus talentos para tentar a los visitantes. Era un momento muy esperado por los aldeanos, una oportunidad para reunirse y celebrar la cultura de su tierra. Para muchos, esta festividad fue un símbolo de unidad, un escape de las preocupaciones de la vida cotidiana.

Los niños corrían por las calles y sus risas resonaban como una alegre melodía en medio del ajetreo y el bullicio. Los adultos charlaron, intercambiaron historias sobre los años pasados y los recuerdos grabados en sus mentes. Para Aïah, esta atmósfera era a la vez embriagadora y perturbadora. Le encantaba ver su pueblo tan vivo, pero una parte de ella sentía una pesada sombra sobre esta celebración. Sabía que no pasaría mucho tiempo antes de que apareciera el pueblo de Gomorra, trayendo consigo su oleada de decadencia y caos.

Los rituales del festival estaban llenos de tradición. Los aldeanos se reunieron alrededor de una gran hoguera, donde cobraron vida danzas folclóricas que contaban las historias de sus antepasados. Los tambores resonaron durante la noche, latiendo al ritmo de los corazones de los participantes. Las mujeres lucían sus vestidos más hermosos, brillando bajo las estrellas, mientras que los hombres vestían trajes tradicionales, orgullosos y erguidos. Aïah, aunque encantada por la belleza del espectáculo, no pudo evitar sentir melancolía. Siempre le habían fascinado estas celebraciones, pero la idea de Gomorra flotando sobre ellas pesaba en su corazón.

Los jóvenes del pueblo, llevados por el entusiasmo, se adelantaron a las fiestas. Se reunieron con la esperanza de ver a los artistas de Gomorra que, cada año, venían a realzar las festividades con sus actuaciones. Se rumoreaba que esta vez estaría presente Ackeli Hicha, la superestrella del momento. Este nombre, fascinante y temido a la vez, emocionaba los corazones de niñas y niños en busca de adrenalina. Para ellos, la fiesta anual fue la oportunidad perfecta para conocer a estas celebridades, tocarlas, compartir un momento de sus vidas. La emoción fue creciendo a medida que se acercaba la fecha, transformando el pueblo en un auténtico hormiguero.

Los rituales y costumbres, aunque profundamente arraigados en la tradición, se habían vuelto gradualmente más flexibles. Los valores del pueblo, antaño fervientemente conservados, se enfrentaron ahora a la influencia de una sociedad vecina que propugnaba el exceso y la inconstancia. Los padres, aunque preocupados, parecieron perder el control de la fascinación que sentían sus hijos por la vida en Gomorra. Aïah vio cómo los rituales del pasado se mezclaban con comportamientos nuevos, confusos y a veces incluso aterradores. Los jóvenes se estaban alejando de las tradiciones y prefirieron la emoción de lo desconocido a la seguridad de su herencia.

En esta atmósfera vibrante y eléctrica, Aïah encontró refugio en el jardín de su padre, un remanso de paz en medio del bullicio. Las flores florecieron, perfumando el aire con un dulce aroma, recordándole a Aïah la belleza de la sencillez. Estaba sentada en un banco, observando los preparativos desde lejos, con una leve sonrisa en los labios, aunque su corazón estaba cargado de premoniciones. Esperaba que el festival pudiera, a pesar de todo, preservar la magia de las tradiciones y la inocencia de su infancia.

Al caer la noche, el pueblo se iluminó con mil luces. Las luces parpadeantes en las gradas, los gritos de alegría, las risas y los cantos crearon un ambiente festivo inolvidable. Aïah se levantó, decidió unirse a su gente y dejar de lado sus preocupaciones, al menos por esa noche.

La felicidad de su comunidad era contagiosa y esperaba que esta celebración fuera un refugio temporal antes de que la tormenta cayera sobre ellos.

En el horizonte, Gomorra esperaba, lista para hacer su sensacional entrada al mundo de Eva 3. Las sombras del pasado se mezclaron con la promesa de la fiesta, y la vida de Aïah, como la de tantas otras, estaba a punto de derrumbarse. ¿Sería el festival anual el último soplo de inocencia para su pueblo o el comienzo de un nuevo capítulo tumultuoso en esta historia ya escrita?

- **Presentación de Ackeli Hicha y su encanto**

En el extravagante mundo de Gomorra, donde el placer y la decadencia se mezclaban con una facilidad desconcertante, Ackeli Hicha se alzaba como una figura emblemática, encarnando por sí solo el espíritu festivo y tumultuoso de esta ciudad. Exitoso cantante del grupo Ochala, su voz suave y cautivadora había capturado los corazones de miles de fans, y su innegable carisma lo convirtió en el hombre que todas las mujeres soñaban con conocer.

Ackeli, con su cabello rizado y su esbelta figura, tenía una presencia magnética. Sus profundos ojos negros parecían captar la luz de una manera casi hipnótica, y su sonrisa, a la vez seductora y misteriosa, revelaba una inquebrantable confianza en sí mismo. Sabía que tenía el poder de seducir y no dudó en utilizarlo, moviéndose con natural facilidad, rodeado de una procesión de admiradores dispuestos a todo para atraer su atención.

El escenario, para Ackeli, era algo natural. Cuando estuvo en el centro de atención, su voz se elevó en el aire, llenando el espacio con energía electrizante. Sus letras, a menudo románticas y sensuales, contaban apasionadas historias de amor, y su actuación en el escenario cautivaba al público, transportándolo al corazón de sus historias. Era el héroe que todos necesitaban, el sueño encarnado, y su reputación no era sólo la de un músico, sino la de un hombre de encanto irresistible.

A pesar del tumulto de la fama, Ackeli siguió siendo un hombre complejo, dividido entre su deseo de autenticidad y las exigencias de su imagen pública. Debajo del barniz de glamour había un hombre sensible, un artista en busca de una verdadera conexión. Pero en el mundo de Gomorra, donde la ilusión y la realidad se mezclaban, esta búsqueda se convirtió en un gran desafío. El peso de las expectativas pesaba sobre sus hombros y la popularidad, aunque embriagadora, a veces podía resultar abrumadora.

Las noches en Gomorra, vibrantes de emoción, adquirieron una dimensión completamente nueva cuando Ackeli estuvo presente. Sus conciertos atraían multitudes y los cantos de admiración que resonaban durante la noche parecían nutrirlo, empujándolo a superarse a sí mismo en cada actuación. Pero detrás del telón del escenario existía otro Ackeli, uno que se cuestionaba el sentido de su vida, uno que aspiraba a la profundidad, lejos de las superficialidades que imponía la fama.

En Eva 3, el rumor de su llegada a la fiesta anual había hecho vibrar todos los corazones. Las mujeres del pueblo, e incluso las de los alrededores, se preparaban como para un baile real, esperando encontrar su mirada, vivir un momento de intimidad, incluso fugaz, con esta estrella en ascenso. Pero a Aïah esta fascinación la dejó perpleja. Vio en él todo lo que rechazaba: la obsesión por la fama, los excesos, la hipocresía. Él no era el tipo de hombre que ella quería en su vida.

Sin embargo, no había duda de que Ackeli tenía encanto. Ese halo de misterio que la rodeaba, esa mezcla de confianza y vulnerabilidad, despertaba en Aïah sentimientos contradictorios. Aunque intentó alejar esos pensamientos, una pequeña voz dentro de ella susurró que tal vez, sólo tal vez, había una parte de Ackeli que anhelaba algo más profundo.

A medida que se acercaba la celebración anual, Ackeli se convirtió en una figura siempre presente en la mente de Aiah, y cada vez que cerraba los ojos, lo veía en el escenario, cautivando a la multitud. La tensión entre sus respectivos mundos se intensificaba y Aïah se dio cuenta de que se estaba cruzando un punto sin retorno. La colisión entre su búsqueda de la simplicidad y el atractivo irresistible del mundo de Ackeli era inevitable.

En Gomorra, el placer no tenía barreras, y los caminos de Aiah y Ackeli estaban a punto de cruzarse de maneras que ella nunca hubiera imaginado. El encanto y la decadencia de esta ciudad prometían sorpresas, y el destino, caprichoso como siempre, ya había comenzado a tejer los hilos de su historia.

- **La tensión entre Aïah y Ackeli**

A medida que se acercaba la celebración anual, se creó una tensión eléctrica entre Aïah y Ackeli, vibrante y palpable, como la cuerda de una guitarra a punto de romperse. Aïah siempre había sido la chica del pueblo, la joven sabia y reservada, alejada de los excesos y fantasías que reinaban en Gomorra. Ella se había resistido durante mucho tiempo a los avances de Ackeli, pero su atracción hacia ella era innegable, creando un torbellino de emociones encontradas en su corazón.

Ackeli, consciente de la resistencia de Aïah, se mostró aún más decidido a conquistarla. Cada vez que pasaba junto a ella, sus ojos se encendían con una pasión que no podía contener. Su presencia, con esta aura de misterio y atractivo, era a la vez cautivadora e inquietante para Aïah. Los recuerdos de sus encuentros pasados resurgieron, y cada intercambio entre ellos estuvo cargado de una tensión sorda, oscilando entre la atracción y el rechazo.

Cuando se cruzaron durante los preparativos de la fiesta, sus miradas se encontraron con una mezcla de desafío y curiosidad. Aïah, tratando de mantener la calma, no pudo ignorar el encanto de Ackeli. Su sonrisa, su voz, todo en él evocaba una promesa de aventura, un mundo con el que ella siempre había soñado aunque sabía que no estaba hecho para ella. Se sintió atrapada en una danza delicada, oscilando entre el deseo de acercarse y el miedo a quemarse.

Ackeli, por su parte, vio en Aïah un enigma que resolver, una belleza que conquistar. Quedó fascinado por su resistencia, su elegancia natural y ese aura de misterio que la rodeaba. Cada sonrisa que ella le dedicaba, aunque fuera tímida y fugaz, era una señal de esperanza para él. Estaba tratando de demostrarle que era más que un simple cantante con una reputación sensual, que podía ser un hombre romántico y auténtico, ansioso por crear una conexión real.

Durante uno de los ensayos del espectáculo de la fiesta, Ackeli se acercó a Aïah con el corazón acelerado. "Oh", comenzó, su voz baja e inquietante. "¿Por qué te alejas de mí? Sabes, puedo ser yo quien te traiga más de lo que este pueblo tiene para ofrecer". Su mirada era intensa, penetrante, como si intentara leer cada pensamiento que cruzaba por su mente.

Aïah sintió que se sonrojaba bajo su mirada, pero se mantuvo firme. "Lo que Gomorra tiene para ofrecer no es lo que deseo, Ackeli. Quiero una vida más sencilla, lejos de los excesos". Su voz era suave, pero tenía una fuerza interior que sólo ella podía entender. Ella se puso de pie, le dio la espalda, con el corazón agitado, consciente de la innegable atracción que se había formado entre ellos, pero decidida a no ceder.

Ackeli, perturbada por su reacción, no entendió por qué Aïah se resistió con tanta fuerza. La tensión entre ellos se convirtió en un duelo silencioso, una lucha entre el deseo y la razón. Cada interacción se convertía en una pelea, un baile donde uno intentaba seducir mientras el otro permanecía en guardia, negándose a caer en las trampas de la pasión.

Pasaron los días y, a medida que se acercaba la fiesta, la presión aumentaba. Aiah intentó concentrarse en los preparativos, pero los pensamientos sobre Ackeli la asaltaron. A menudo se encontraba perdida en ensoñaciones, imaginando cómo sería su vida si lo dejara entrar. Pero el miedo a perder su identidad, a ser arrastrada por la ola de la decadencia, la mantuvo anclada a su realidad.

Ackeli, por su parte, sintió que la urgencia iba en aumento. Cada mirada que daba Aiah, cada palabra intercambiada, era como una promesa de algo mayor, pero sabía que tenía que andar con cuidado. No podía obligarla a amarlo, pero estaba dispuesto a hacer cualquier cosa para ganársela, incluso si eso significaba navegar por las tumultuosas aguas de sus emociones.

A medida que se acercaba la fiesta, el mundo que los rodeaba se llenaba de una palpable anticipación. Las sombras del pasado se acumularon y la promesa de lo desconocido los envolvió. Aïah y Ackeli estaban al borde de un precipicio, listos para dar un salto hacia lo desconocido, pero la angustia y la emoción de un amor incipiente estaban a punto de arrastrarlos a un torbellino que nunca habrían podido predecir.

Capítulo 3: Sombras del Partido

Mientras el festival anual de Gomorra aparecía en el horizonte, una atmósfera de emoción se apoderó del pueblo. Las calles se adornaron con luces de colores parpadeantes, serpentinas de colores y el aire se llenó de risas y música, una melodía pegadiza que prometía una noche de celebraciones interminables. Pero debajo de esta extravagante superficie, se alzaban sombras amenazadoras, listas para interferir en el tumulto de las festividades.

Para Aïah, la fiesta no fue sólo una celebración; era un campo de batalla. A pesar de la emoción, sentía una profunda preocupación. La voz de Ackeli todavía resonaba en su mente, cada palabra impresa en su memoria como el eco de una promesa incumplida. Sabía que en ese lugar donde estallaban las pasiones, su determinación de mantenerse alejada del mundo de Ackeli podría verse puesta a prueba.

En los días previos a la fiesta, Aiah se había encerrado en sus pensamientos, pero ahora, mientras permanecía en medio de la emoción, una tensión palpable se apoderó de ella. Los aldeanos se afanaban a su alrededor, ataviados con trajes coloridos, dispuestos a dejarse llevar por la música y el baile. Pero Aïah, a pesar de su deseo de estar presente, sentía que su corazón se hundía con cada carcajada, cada grito de alegría. Era como un espectro, moviéndose por un mundo que no le pertenecía.

En el centro de las festividades, Ackeli brilló intensamente. En el escenario, él era el rey y cada nota que cantaba era una promesa de pasión. La multitud, en trance, parecía olvidar las sombras que se cernían en la periferia de su felicidad. Para él, el espectáculo era un juego, un baile donde podía mostrar su fuerza y vulnerabilidad, pero el pensamiento de Ayah lo perseguía. Buscó miradas, señales de interés, pero sólo vio rostros de admiración, cautivados por su irresistible encanto.

Sin embargo, detrás de escena de esta rutilante fiesta, comenzaron a circular rumores. Susurros de celos, murmullos de traición y secretos no contados flotaban en el aire, trayendo consigo un sabor amargo que contrastaba con la aparente dulzura de la fiesta. Se hicieron y deshicieron alianzas, y entre las risas, aparecieron sombras, listas para revelar sus verdades.

Las miradas envidiosas de los otros artistas, ansiosos por ocupar el lugar de Ackeli, agregaron una capa de tensión a la velada. Estos competidores, con su resentimiento bien disimulado, no dudaron en buscar oportunidades para manchar la reputación del que brillaba. Aïah, al presenciar estas interacciones, sintió una mezcla de compasión y angustia. Sabía que el éxito de Ackeli no estaba exento de consecuencias y que las sombras del partido eran muy reales, listas para atacar en el momento más inesperado.

La noche avanzaba y la multitud vibraba al ritmo de la pegadiza música, pero Aïah se sentía cada vez más separada. En el tumulto de aplausos y gritos de alegría, percibió los ecos de una realidad más oscura. Una voz interior le susurró que ya no podía quedarse atrás, que lo que estaba en juego en aquella fiesta iba mucho más allá del simple entretenimiento. La lucha entre su corazón y su razón estaba llegando a su clímax.

Mientras Ackeli, todavía en el escenario, miraba entre la multitud, sus miradas se encontraron. Fue un momento fugaz, pero lleno de promesas y deseos reprimidos. El mundo que los rodeaba se desvaneció y, por un momento, todo lo que se vieron fue el uno al otro. Aïah, abrumada por esta intensa conexión, sintió que su corazón se aceleraba. Esa mirada era a la vez una invitación y un desafío, una pregunta sin respuesta flotando en el aire.

Pero en este momento de comunión, surgieron sombras más oscuras que amenazaban con hacer añicos esta magia. El sonido de un grito, un tumulto inesperado y una figura que emergía de la oscuridad atrajeron la atención de la multitud. Los susurros se convirtieron en gritos de miedo cuando el grupo se convirtió en un campo de batalla. Las sombras del grupo habían cobrado vida, y todo lo que Aiah y Ackeli habían intentado huir estaba a punto de alcanzarlos.

- **Los rituales del festival**

En Gomorra, cada festival anual era más que una simple reunión. Era una celebración de los placeres de la vida, un ritual donde los lugareños acudían a expresar su alegría, su locura y sus ganas de vivir intensamente. Los rituales que lo acompañaron fueron tan variados como las personalidades que componían el pueblo, cada una aportando su toque personal a esta noche única.

Los preparativos habían comenzado días antes, transformando el Eva 3 en un cuadro viviente de fascinantes colores, sonidos y olores. Las mujeres del pueblo se habían reunido para preparar platos tradicionales, y sus risas resonaban en el aire mientras cocinaban especialidades locales, brindando un festín que deleitaría los sentidos. El aroma de las especias flotaba en el aire y cada plato era una invitación a la convivencia.

La velada comenzó con un antiguo ritual, la ***Danza de los Ancestros***, que rendía homenaje a quienes habían precedido a las generaciones actuales. Los aldeanos se reunieron alrededor de un gran fuego, iluminando la noche con un cálido resplandor. Aïah, aunque incómoda, no pudo evitar sentir cierta magia en el aire. El tamborileo, potente y rítmico, como un corazón latiendo al ritmo de la vida.

Las danzas tradicionales, impregnadas de sensualidad y pasión, elevaron la temperatura ambiente. Los cuerpos se mezclaron, se abrazaron y la música se llevó a todos en un torbellino de alegría y libertad. Aïah, aunque entristecida por la tensión que la habitaba, no podía ignorar la atracción de estos movimientos, de estos cuerpos en ósmosis con el ritmo. Las miradas se encontraron, se intercambiaron sonrisas y, en el centro de todo, Ackeli brillaba intensamente.

Cada danza era una llamada a la vida, un homenaje a la belleza de las relaciones humanas, y el juego de miradas entre Aïah y Ackeli se intensificaba. Sus almas parecían rozarse una contra la otra, cada movimiento de danza los acercaba un poco más el uno al otro, a pesar de sus respectivas reservas. La magia del momento los estaba invadiendo y Aiah comenzaba a preguntarse si esta tensión entre ellos podría convertirse en algo más profundo.

Luego vino el **Ritual de la Luna**, una tradición centenaria que celebraba la belleza y el misterio de la feminidad. Las mujeres del pueblo, vestidas con vestidos blancos, se reunían alrededor de un altar decorado con flores, ofreciendo oraciones a la diosa luna. Aïah, atraída por la multitud, se unió al círculo, sintiendo el poder colectivo de esta celebración. En este momento de comunión se alejó de las preocupaciones del mundo exterior y se dejó llevar por la magia de la fiesta.

La atmósfera se espesó y la tensión entre Aïah y Ackeli alcanzó su punto máximo. Cada gesto, cada mirada, se convirtió en una promesa de un futuro incierto. Aïah se sintió dividida entre su deseo de explorar esta pasión incipiente y su deseo de permanecer fiel a sus principios. Era consciente de que esa noche, bajo la influencia de los rituales y la embriaguez que la rodeaba, podría marcar un punto de inflexión en su vida.

A medida que avanzaba la noche se llevó a cabo el **Ritual de Reconocimiento**, momento en el que los pobladores expresaron sus sentimientos, anhelos y temores. Las historias se entrelazaron, revelando las vulnerabilidades de cada uno. Cuando llegó el turno de Ackeli, no dejó de subrayar la importancia de la libertad, la pasión y el amor. Sus cautivadoras palabras resonaron en el alma de Aïah, reavivando un deseo que había reprimido durante mucho tiempo.

"Vivimos en una sociedad donde el miedo al amor nos frena", declaró intensamente. "Pero esta noche celebremos nuestro deseo de vivir plenamente, sin barreras. Que cada corazón aquí esté abierto a la posibilidad del amor, incluso si da miedo. » Sus ojos buscaron a Aiah, rogando una respuesta, una reacción. La tensión alcanzó su punto máximo y, por un momento, el mundo que los rodeaba pareció desvanecerse.

En el corazón de esta noche mágica, los rituales del festival tenían el poder de unir y liberar. Aïah, a pesar de sus dudas, se sintió atraída por Ackeli. El baile, la música y el ambiente festivo lo envolvieron como una segunda piel. Sin embargo, una voz interior seguía advirtiéndola de los peligros que entrañaba esa atracción, de las consecuencias de dejarse llevar por la pasión.

Pero mientras los tambores retumbaban y la música se intensificaba, Aïah no pudo evitar preguntarse si, a veces, dejarse llevar era la única forma de vivir la vida al máximo. Y mientras la fiesta estaba en pleno apogeo, las sombras se acercaban lentamente, dispuestas a revelar sus verdades.

- **Los pensamientos de Aïah sobre su futuro**

Mientras continuaban los rituales de la festividad, Aiah se encontró en una encrucijada emocional. Los embriagadores sonidos de la música y las risas de los aldeanos lo rodeaban, pero su mente estaba en otra parte, navegando por los giros y vueltas de sus pensamientos. Cada golpe de tambor sonaba como una llamada, una invitación a participar en el momento presente, pero su corazón estaba cargado de preguntas sobre lo que le esperaba más allá de esta noche.

Contempló su vida en Eva 3, su relación con su padre y los valores que él le había inculcado. Jusuf Nock Ehén Boulaïf había sido siempre su faro, el maestro de una moral inquebrantable en medio de los tumultos de Gomorra. Pero a medida que la emoción de la fiesta la envolvía, Aiah sintió un tirón entre las aspiraciones de su padre y sus propios deseos. Se preguntaba si realmente podría encontrar su lugar en un mundo que propugnaba el exceso y el libertinaje.

Los pensamientos de Aiah se perdieron en un mar de incertidumbre. ¿Qué significaba realmente la felicidad para ella? ¿Fue permanecer fiel a la propia herencia, ajustarse a las expectativas de la propia familia o liberarse de las ataduras de la tradición para abrazar las propias pasiones? La sombra de Ackeli, con su encanto irresistible y su aura de celebridad, le recordó el poder de los deseos insatisfechos. Se sintió atraída por él, pero una vocecita en su interior le advirtió de posibles peligros.

El miedo a lo desconocido la perseguía. La vida en Gomorra significaba placeres inmediatos, pero ¿qué pasa con las consecuencias a largo plazo? Aïah había sido testigo de tantas vidas destrozadas por decisiones impulsivas, corazones devastados por amores fuera de lugar. Quería creer en el amor, pero las sombras del pasado la hicieron dudar. ¿Estaba dispuesta a arriesgar su felicidad por una pasión incierta?

Las visiones de su futuro en el pueblo se mezclaban con aspiraciones más amplias. Soñaba con descubrir otros horizontes, viajar más allá de las fronteras de Gomorra, explorar diferentes culturas y conocer el mundo. Pero esos sueños parecían desvanecerse cada vez que se acercaba a Ackeli. El miedo a perder su identidad, a diluirse en un mundo superficial, la perseguía.

Mientras observaba la celebración a su alrededor, Aiah se dio cuenta de que los rituales no eran simplemente una celebración, sino un espejo de sus propias luchas internas. Vio parejas bailando, abrazándose y viviendo el momento al máximo. Pero detrás de cada sonrisa había una historia, una historia a menudo salpicada de tristeza y desilusión. ¿Realmente la belleza del amor valdría los riesgos que conlleva?

Y entonces, había una luz brillando en los ojos de Ackeli. Cada vez que lo veía actuar, su corazón latía un poco más rápido y una mezcla de miedo y emoción despertaba en su interior. Pero esta atracción no pudo cegarlo. Tuvo que afrontar la realidad de lo que esto significaba, el impacto que esta decisión podría tener en su futuro, en su familia y en ella misma.

En este momento de reflexión, Aïah se prometió no ceder al camino fácil. Tenía que ser fiel a sí misma, explorar su propio corazón y sus propias aspiraciones antes de dejarse llevar por las seducciones de Gomorra. Su futuro era una página en blanco y quería escribir una historia que realmente le perteneciera.

Mientras miraba el cielo estrellado, buscó respuestas en las constelaciones. Las estrellas brillaban como infinitas posibilidades, cada una de las cuales representaba una elección que hacer, un camino que explorar. No fue sólo una noche de fiesta; fue el comienzo de un viaje, una búsqueda para descubrir quién era ella realmente y hacia dónde quería ir. En esta danza entre amor, miedo y esperanza, Aïah supo que tenía que tomar las riendas de su destino.

- **Los primeros signos de la amenaza**

Mientras la fiesta estaba en pleno apogeo, una atmósfera de frenesí envolvió al Eva 3, pero Aïah no pudo evitar sentir un ligero escalofrío de preocupación en el aire. Las carcajadas y la música animada enmascaraban una realidad más oscura, y no podía ignorar las miradas furtivas intercambiadas en las sombras. Había algo inquietante en la atmósfera, una tensión palpable mezclada con excitación.

En el centro de la fiesta, mientras veía actuar a Ackeli, de repente se sintió acosada por su mejor amiga, Lila. Los ojos de Lila brillaron de emoción, pero su expresión delataba una preocupación subyacente.

"Aiah, necesitas hablar conmigo", insistió Lila, tomando a Aiah del brazo. "He oído rumores... La gente susurra que se están reuniendo grupos de la ciudad. Hablan de desorden, de caos.»

Aiah la miró sorprendida. "¿Qué quieres decir con eso?" Estamos aquí para celebrar, ¿verdad? »

"Sí, pero..." Lila bajó la voz, como si tuviera miedo de ser escuchada. "No sé si te has dado cuenta, pero algunos de los admiradores de Ackeli no están aquí sólo por él. Quieren asegurarse de que se mantenga en la cima, incluso si eso significa recurrir a medios violentos. »

El corazón de Aiah empezó a latir más rápido. "¿Crees que existe una amenaza contra él? »

Lila asintió, su mirada preocupada perdida entre la multitud. "Sí, y por extensión, contra ti también. No les agrada el hecho de que te esté cortejando. Algunos creen que una estrella como él debería estar con alguien más... visible, más extravagante. Usted sabe lo que quiero decir. »

Las palabras de Lila se clavaron como flechas en el corazón de Aïah. Nunca pensó que su atracción por Ackeli atraería atención negativa. Pero mientras observaba al cantante en el escenario, encantando al público con su voz, una oleada de premonición la invadió. ¿Y si estos rumores fueran ciertos?

"Escucha, Lila", comenzó Aiah, tratando de convencerse a sí misma. "Tal vez sea sólo un chisme". Estoy aquí para celebrar, no para dejarme influenciar por las sombras. »

Pero Lila negó con la cabeza. "No digo que tengamos miedo, sino que estemos alerta. Cuídate. »

En ese momento, Aïah sintió la necesidad de hablar con Ackeli, de compartirle sus preocupaciones. Se abrió paso entre la multitud, su corazón latía más fuerte con cada paso. La música sonaba como un eco lejano y su mente estaba nublada por la confusión.

Cuando llegó al frente del escenario, Ackeli acababa de terminar una canción y la multitud aplaudía fervientemente. Al verlo, Aïah sintió una mezcla de admiración y angustia. Sabía que tenía que contarle lo que había aprendido, pero ¿cómo podría abordar el tema sin asustar a este hombre que iluminaba su mundo?

"Ackeli", comenzó, con la voz ligeramente temblorosa. "¿Puedo hablar contigo un momento?" »
Él le sonrió y su encanto irresistible la hizo sonrojar. "Por supuesto, Aya. Pareces preocupado. ¿Lo que está sucediendo? »
Ella respiró hondo. "Lila me dijo que hay rumores... amenazas en torno a tu presencia aquí. Algunas personas no están contentas de que estés conmigo. Hablan de violencia.»
La alegría de Ackeli se desvaneció lentamente, reemplazada por una expresión más seria. " Qué ? ¿Quién se atrevería a hacer esto?»
Aiah se mordió el labio, vacilante. "No sé quién, pero Lila ha oído cosas. Quizás deberíamos tener cuidado.»
"No te preocupes", dijo, tratando de tranquilizarla mientras escaneaba a la multitud con una mirada preocupada. "Estoy acostumbrado a este tipo de cosas. La fama tiene sus sombras. Pero te prometo que haré todo lo posible para protegerte.»
Se acercó a ella y su voz se volvió más suave, casi protectora. "No quiero que te sientas amenazada, Aiah. Tenemos demasiadas historias para escribir juntas.»
Las palabras de Ackeli fueron a la vez reconfortantes e inquietantes. Sin embargo, la preocupación persistía en la mente de Aiah. No podía ignorar las sombras que se extendían amenazadoramente detrás del velo de celebración. Sus miradas se cruzaron por un momento y ella pudo ver en los ojos de Ackeli una determinación de protegerla, pero también una vulnerabilidad que nunca antes había notado.
"Creo en nosotros", susurró, tratando de ocultar su preocupación. "Pero quiero que te cuides. Debemos permanecer vigilantes.»
Ackeli asintió, pero Aiah pudo ver en sus ojos que tal vez subestimó el alcance de esta amenaza. En ese momento, entendió que la noche de placer podría convertirse rápidamente en una pesadilla, y que tal vez era hora de prepararse para enfrentar juntos lo desconocido.
Mientras la fiesta seguía vibrando a su alrededor, Aiah supo que tenía que luchar no sólo por su amor, sino también por su seguridad.

Las primeras señales de la amenaza estaban ahí, escondidas detrás de las carcajadas y los bailes, listas para estallar en el momento menos esperado.

Parte II: Deseo y Manipulación
Capítulo 4. Los obsesionados

La fiesta en Eva 3 estaba en su apogeo, pero para Aïah, cada carcajada resonaba como una nota disonante en una sinfonía perturbada. La adrenalina del momento, aunque estimulante, se vio eclipsada por la preocupación persistente que se apoderaba de ella. Después de su conversación con Ackeli, no pudo evitar sentir una presión insidiosa, una obsesión que comenzaba a invadir su mente.

Durante los días siguientes, mientras la fiesta estaba en pleno apogeo, Aiah notó cambios sutiles en el comportamiento de Ackeli. Sus llamadas se hicieron más frecuentes, casi urgentes, y sus mensajes rebosaban promesas de amor y pasión. Pero detrás de esta fachada de romanticismo, Aïah podía percibir una intensidad que la inquietaba.

"Ayah", dijo Ackeli una noche, mientras las estrellas brillaban sobre ellos. Estaban sentados en un banco, alejados de la fiesta, estableciéndose un ambiente íntimo entre ellos. "No puedo dejar de pensar en ti. Eres todo lo que quiero.»

Ella sonrió, pero una vocecita en su interior le advirtió que no se dejara llevar. "Me siento halagada, Ackeli, pero... ¿no crees que deberíamos tomarnos nuestro tiempo?" »

Un destello de frustración cruzó por sus ojos. "¿Tomarnos nuestro tiempo? Ay, sé cómo me siento. Cada momento sin ti parece una eternidad.»

El corazón de Aiah se hundió. Ella agradecía su atención, pero había una diferencia entre el amor y la obsesión. "Pero esta pasión puede ser abrumadora, Ackeli. Temo que nos consuma.»

" Consumir ? » Él sonrió, pero era una sonrisa de preocupación. "No quiero perderte. Este deseo me consume, pero no de la forma que piensas. Sólo quiero protegerte y estar contigo.»

Ella vaciló, consciente de que sus propios sentimientos también se estaban intensificando. Pero la necesidad de preservarse era más fuerte. "Lo entiendo, pero no quiero que te dejes llevar por esta obsesión. Podría destruirnos. »

Por primera vez, Aïah notó la profundidad de su mirada, un brillo casi posesivo que le heló la sangre. "Soy un hombre apasionado, Aïah. Siempre lo he sido. Pero te prometo que no dejaré que nada ni nadie nos separe. »

Estas palabras, aunque dichas con fervor, resonaron como una advertencia. Sintió que su creciente deseo era el reflejo de un complejo torbellino emocional, y se revelaban los primeros signos de una manipulación secreta. Sabía que Ackeli estaba cautivado por ella, pero su obsesión amenazaba con devorarlos.

Una noche, mientras caminaba sola, Aïah se encontró con un grupo de hombres en la esquina. Uno de ellos, un antiguo camarada de Ackeli, se acercó a él con una sonrisa inquietante. "Ayah, cariño, debes tener cuidado. Ackeli es un hombre peligroso cuando está enamorado. »

Ella se quedó helada, su corazón latía con fuerza. "¿Qué quieres decir con eso?" »

"Solo que su obsesión contigo podría llevarlo a los extremos". Ya sabes cómo son las celebridades. Cuando quieren algo, no se detendrán ante nada. »

Aiah apretó los puños, pero no dejó ver nada. "No creo que él sea así. »

El hombre se encogió de hombros con una sonrisa sarcástica en los labios. " Tal vez. Pero no digas que no te lo advertí. Las sombras en Gomorra son más oscuras de lo que piensas. »

Este encuentro dejó a Aïah preocupada. No podía ignorar las señales, pero la pasión de Ackeli era muy cautivadora. Se preguntó si el amor realmente podría existir sin sombras amenazadoras. La obsesión de Ackeli por ella dio un giro que no había previsto y cada interacción se convirtió en un acto de equilibrio entre pasión y precaución.

Una noche, cuando Ackeli lo llamó, su tono era más intenso que nunca. "Ay, ven a mí. Tengo algo importante que decirte.»
Ella dudó. "¿De qué se trata esto?"»
"Sólo tienes que venir". No puedo decirlo por teléfono. Es demasiado importante.»
Los latidos de su corazón se aceleraron, a la vez excitada y nerviosa. "Está bien, ya voy". Pero... ¿qué está pasando, Ackeli?»
"Sólo una cita", respondió él, su misteriosa sonrisa la confundió. "Confía en mí.»
Esta petición de confianza la hizo dudar. Aiah sabía que debía tener cuidado, pero la promesa de un encuentro secreto la cautivó. Mientras se preparaba para salir de su casa, se miró por última vez en el espejo, esperando que la belleza que quería proyectar no ocultara la angustia que sentía.

Cuando llegó al lugar acordado, un pequeño café a un lado, Ackeli la estaba esperando con una enigmática sonrisa en el rostro. "Me alegro de que hayas venido."»

Él la tomó de la mano, pero había algo posesivo en su agarre. "Quiero mostrarte lo mucho que significas para mí.»

Las palabras sonaron como una promesa, pero Aiah no pudo evitar la sensación de que esta obsesión no estaría exenta de consecuencias. Mientras se sentaban, ella se preparó para abordar la pregunta que ardía en sus labios.

"Ackeli, yo..." comenzó, pero él la interrumpió.
"Espera, Ayah. Déjame mostrarte primero.»
Él se levantó, dejándola angustiada, y desapareció dentro del café. Aiah sabía que se encontraba en un punto de inflexión. Los primeros signos de amenaza eran cada vez más apremiantes, y la manipulación, aunque disfrazada de amor, la advertía de lo que estaba a punto de descubrir.

- **El sutil coqueteo entre Aïah y Ackeli**

La tenue luz del café creaba una atmósfera cálida, pero Aïah no podía librarse de la ansiedad que se apoderaba de ella. Ackeli se sentó frente a ella, con los ojos brillando de pasión e intriga. Tenía el don de crear en ella un sentimiento de excitación mezclado con aprensión. Los murmullos de otros clientes y el suave tintineo de las tazas de café parecieron desvanecerse, dejándolos en una burbuja de privacidad.

"Me alegro mucho de que hayas venido", murmuró Ackeli, con voz baja y aterciopelada. Él inclinó ligeramente la cabeza, mirándola fijamente, como si intentara penetrar en sus pensamientos más profundos.

"No podía rechazar tu invitación", respondió Aïah, tratando de ocultar la agitación que le anudaba el estómago. Recordó las advertencias del hombre de la esquina, pero algo dentro de ella se sintió atraído por la estrella brillante que era Ackeli.

"Sabes", comenzó, jugando con su taza, "hay algo mágico entre nosotros. Siempre he sentido una conexión, algo que no puedo ignorar.»

Aiah sintió que su corazón se aceleraba. "¿Una conexión? Quizás sea el ambiente de la fiesta lo que nos influye.»

"No, no lo creo", insistió Ackeli con una sonrisa encantadora. "Es más que eso. Cuando te veo, veo una rara belleza, una pureza que nunca antes había encontrado. Cada vez que pienso en ti, mi mundo se ilumina.»

Las palabras de Ackeli flotaron en el aire y Aiah no pudo evitar sentir una calidez extendiéndose a través de ella. Ella luchó por mantener la calma, consciente de que él estaba halagando su ego y reforzando su obsesión. "Eso es lindo, pero... eres un hombre famoso, Ackeli. Tienes admiradores en todas partes. No estoy seguro de ser yo el que estás buscando.»

Se inclinó hacia adelante y su voz adquirió un tono más serio. "Eso es exactamente lo que quiero decir. No eres como los demás. Los demás no me atraen, pero tú... tienes algo especial.»

Aiah apartó la mirada, abrumada por la vergüenza. "Soy sólo una chica normal, Ackeli.»

"Y eso es lo que te hace tan excepcional", replicó. "Tu sencillez, tu profundidad. Quiero conocerte, Aiah. Realmente te conozco.»

Sus miradas se encontraron y un silencio cargado de electricidad se instaló entre ellos. Aïah sintió una tensión palpable, un escalofrío de excitación mezclado con un elemento de incertidumbre. Le tendió la mano y le rozó suavemente los dedos. "Déjame mostrarte cuánto te deseo", susurró, con los ojos brillantes de promesa.

Aïah sintió un escalofrío recorrer su cuerpo, pero una pequeña voz interior le dijo que permaneciera alerta. Sabía que él estaba jugando con sus emociones, tratando de despertar algo en ella que no estaba lista para revelar. Sin embargo, esta cercanía la cautivó y se encontró queriendo más.

"Yo... no lo sé, Ackeli", susurró, sin aliento. "Las cosas suceden rápidamente entre nosotros.»

"A veces simplemente hay que dejarse llevar", respondió con una sonrisa seductora en los labios. "La vida es demasiado corta para dudar. ¿Por qué no disfrutar cada momento?»

La tensión entre ellos se hizo más fuerte y Aïah empezó a imaginar cómo sería estar a su lado, abrazar esa pasión que empezaba a sentir. Pero las dudas persistieron, como sombras amenazadoras detrás de su corazón.

"¿Y si fuera un juego para ti?» preguntó, tratando de leer en sus ojos lo que realmente ocultaba.

"Nunca", dijo él, la intensidad de su mirada inmovilizándola en el lugar. "Hablo en serio, Ayah. No te quiero como una simple conquista. Quiero más. »

Sus manos volvieron a rozarse y Aïah sintió que su corazón oscilaba entre la euforia de esta atención y el miedo a la manipulación secreta. El coqueteo entre ellos se convirtió en un baile delicado, en el que cada gesto, cada palabra, se sopesaba cuidadosamente.

"Dime, Aiah", preguntó, con voz suave como un susurro, "¿qué es lo que realmente quieres?" »

Ella dudó, su corazón latía con fuerza. El miedo a lo que pudiera revelar la paralizó. "Yo... quiero una vida sencilla, lejos de los excesos. Quiero... quiero ser feliz.»

Ackeli sonrió, una sonrisa que mezclaba ternura e intensidad. "Así que déjame ser quien te traiga esa alegría". Déjame llevarte a un mundo donde seremos libres de vivir nuestros deseos.»

La promesa de escapar la envolvió como una delicada caricia. Sabía que aquel sutil coqueteo era más que un simple juego, pero el peligro que la rodeaba le impedía ceder a esa atracción.

La noche avanzaba y, aunque cada minuto que pasaba con Ackeli la embriagaba, sabía que la manipulación acechaba. Aïah tuvo que navegar con cautela, decidida a no dejarse atrapar por la pasión que la encendía.

Sin embargo, en ese momento, en el corazón de este café, se encontraba en la encrucijada, donde el deseo y la manipulación se fusionaban, prometiendo un futuro incierto pero irresistible.

- **Flashbacks de encuentros pasados**

Mientras Aiah miraba a Ackeli, su mente comenzó a vagar hacia recuerdos distantes, momentos de su pasado que se mezclaban con la realidad presente. Era como si el tiempo se expandiera, permitiéndole explorar las raíces de esta tensión entre ellos, una tensión que no entendía del todo.

Flashback 1: El primer encuentro

Aïah se reencontró hace unos meses en una fiesta organizada por el comité del pueblo. La velada estuvo animada, llena de risas y música, y el escenario estaba adornado con luces parpadeantes. Se hizo a un lado, mirando a la multitud bailar, cuando Ackeli subió al escenario. En ese momento, era una estrella fugaz que captaba la atención de todos.

Recordó la forma en que había cantado, su poderosa y melodiosa voz resonando en el cálido aire de la noche. Sus ojos brillaban con pasión, y cuando él encontró su mirada, un escalofrío de excitación la recorrió. Parecía buscarla entre la multitud, como si supiera que ella estaba allí, incluso entre tantos rostros.

"Eres magnífica", le susurró al final de su actuación, con una sonrisa encantadora en los labios. "Te vi ahí abajo, atrás. Sólo quería decirte... tu presencia ilumina la habitación.»

Aïah quedó desconcertada y la calidez de sus palabras le dio alas. Pero también sentía cierta desconfianza. ¿Por qué un hombre tan famoso estaba interesado en ella, una chica normal y corriente del pueblo?

Flashback 2: Intercambio de mercado

Sus caminos se volvieron a cruzar unos días después, en el mercado del pueblo. Aïah recordó haber conocido a Ackeli cerca de los puestos de frutas. Allí estaba él, vestido con una camisa ligera y una sonrisa coqueta en el rostro.

"Me extrañaste", dijo, luciendo burlón. "¿Qué estás haciendo aquí, en este lugar tan común y corriente?»

Ella se rió, un poco avergonzada. "Voy de compras como todos los demás. Y se supone que debes estar en el escenario, no en un mercado.»

"Me gusta sumergirme en la vida", respondió, con sus ojos brillando con un brillo misterioso. "Y tú, Aïah, eres mucho más interesante que cualquier concierto.»

Su intercambio había sido ligero, lleno de insinuaciones. Aïah se había sorprendido abriéndose con él, hablándole de sus sueños y de sus deseos, aunque sabía que él era una estrella que no podía ser tocada.

Flashback 3: El baile de Año Nuevo

El último encuentro que tenía en mente era en el Baile de Año Nuevo, un fastuoso evento donde la ciudad de Gomorra deslumbraba. Aiah recordó la magia de la noche, la música suave y la forma en que Ackeli la había arrastrado a la pista de baile.

"Eres una bailarina natural", le había susurrado, abrazándola cerca y su aliento caliente contra su oreja. Aiah sintió que su corazón se aceleraba mientras giraban entre la multitud. El mundo había desaparecido a su alrededor, y ella había olvidado sus desganas, dejándose llevar por el momento.

"No bailo a menudo", admitió con una sonrisa tímida en los labios.

"Eso es porque aún no has bailado conmigo", respondió con un brillo de desafío en sus ojos. "Déjame mostrarte lo maravilloso que puede ser".»

Bailaron hasta que terminó la noche, Aïah olvidó todas sus dudas. Pero al final de la velada, cuando se separó de él, la asaltó un sentimiento de preocupación. ¿Fue este coqueteo fugaz una distracción o el preludio de algo más peligroso?

De vuelta a la realidad

Los recuerdos se desvanecieron como la niebla de la mañana y Aiah se dio cuenta de que estaba de vuelta en el café, con el corazón acelerado. La voz de Ackeli lo sacó de sus pensamientos.

"Estás perdido en tus pensamientos", susurró, con la mirada llena de intriga. "¿En qué estás pensando?"»

Aïah respiró hondo, dudando en compartir su confusión. "Justo... cuando nos conocimos". A cómo empezó todo.»

Ackeli sonrió, una sonrisa que prometía más. "Recuerdo cada momento como si fuera ayer. Fuiste el único que me cautivó entre la multitud.»

Ella sintió que se sonrojaba bajo el peso de su mirada. Cada recuerdo la devolvía a la complejidad de sus interacciones, y cada encuentro parecía haberlos acercado mientras mantenía una frágil barrera entre ellos. La pasión, la manipulación y el deseo danzaban a su alrededor, y Aiah sabía que cada momento que pasaban juntos los conducía hacia un destino incierto.

Con una mezcla de emoción y miedo, se preguntó si realmente podría dejarse llevar. Los recuerdos, las promesas y las sombras de su pasado la rodeaban, haciéndola preguntarse si el amor realmente podría triunfar sobre las manipulaciones que ocurrían a su alrededor.

- **Aiah lucha con sus sentimientos.**

Los días que siguieron a este encuentro en el café estuvieron llenos de contradicciones para Aïah. Cada interacción con Ackeli sólo intensificaba una mezcla de deseo y desconfianza, arrastrándola a un torbellino emocional del que luchaba por escapar.

A menudo se encontraba sola, perdida en sus pensamientos, preguntándose si realmente podía confiar en este hombre, en su encanto irresistible y en su reputación de vagabundeo por los placeres de Gomorra. Su conciencia chocó con sus deseos, susurrándole que lo que otros decían sobre Ackeli no podía ser verdad, que debía haber algo más que las apariencias.

La guerra interna

Una noche, sentada en su jardín, Aïah miró las estrellas titilantes y pensó en Ackeli. Sus intercambios, aunque ligeros, habían dejado una profunda huella en ella. Había sentido una conexión con él, pero cada momento de felicidad se vio empañado por un miedo persistente.

¿Y si me dejo llevar? se preguntó. ¿Qué pasa si descubro que no es el hombre que creo que es?

"No puedo confiar en él", murmuró para sí misma, con la voz temblorosa por la incertidumbre. "Pero no puedo ignorar lo que siento..."

Recordó los rumores que circulaban por el pueblo, las historias susurradas sobre Ackeli, su comportamiento exuberante, sus múltiples conquistas. La imagen de un hombre encantador pero efímero la perseguía. Aiah sabía que su corazón estaba en peligro, pero también era consciente de la atracción que sentía por ella.

Un sueño inquietante

Esa noche, sus sueños fueron inquietantes. Se encontró en un salón de baile, Ackeli bailando a su alrededor, su elegante figura mezclándose con la música. El ambiente era mágico, cada paso de baile los acercaba, despertando sentimientos que ella nunca se había atrevido a explorar. Sintió la electricidad entre ellos, una tensión palpable, un deseo ardiente.

Pero, a medida que continuaba el baile, los rostros de los invitados se distorsionaron en sombras amenazadoras, susurrando advertencias. Unas voces lo llamaban, le decían que huyera, que no se dejara seducir por aquel encanto engañoso.

"¡Ay, ten cuidado!» gritó una voz familiar, pero confusa en medio del alboroto. Era la de su padre, una presencia protectora que le recordaba los peligros que acechaban detrás de las luces de Gomorra.

Intentó dejar el rastro, pero Ackeli la detuvo y su sonrisa hipnótica la atrajo como una polilla a la llama.

Un despertar repentino

A la mañana siguiente, Aïah se despertó sobresaltada y con el corazón acelerado. Las imágenes de su sueño persistieron en su mente, dejándole un sabor amargo. Entonces comprendió que la lucha dentro de ella no sólo estaba ligada a Ackeli, sino también a sus propios deseos y su necesidad de protección.

"No puedo ignorar lo que siento por él, pero tampoco puedo ignorar los peligros que me rodean", se dijo en voz alta, caminando de un extremo a otro de su habitación.

Sus pensamientos oscilaban entre el deseo de explorar esta pasión incipiente y la necesidad de protegerse de cualquier lesión. A cada momento se sentía desgarrada, dividida entre el placer y el dolor, entre el amor y la pérdida.

Un momento decisivo

Finalmente decidió confrontar a Ackeli, para aclarar sus sentimientos y dudas. Necesitaban tener una conversación honesta y afrontar la realidad de su situación. Mientras se preparaba, se miró en el espejo con el corazón acelerado.

Tengo que ser fuerte, pensó. *No puedo dejar que mis emociones decidan por mí.*

Y con esta determinación, Aïah salió de su casa, decidida a afrontar la incertidumbre que la esperaba, dispuesta a descubrir si su corazón realmente podía soltarse o si debía permanecer a la defensiva.

Capítulo 5
El ascenso de Ackeli

Mientras Aïah se preparaba para afrontar sus sentimientos por Ackeli, se desarrolló otra realidad para él. El ascenso de Ackeli Hicha no se midió sólo en términos de éxito musical, sino también en el complejo juego de seducción, influencia y obsesión que lo perseguía a cada paso.
Una mirada a la cima
Cada día, Ackeli se encontraba en un mundo de brillo, rodeado de admiradores, periodistas hambrientos de escándalos y promotores que buscaban sacar provecho de su irresistible encanto. Sus conciertos se convirtieron en verdaderos acontecimientos, donde la electricidad en el aire anunciaba un momento de pura magia.

Comenzó su carrera como un simple cantante en bares locales, pero su potente voz y su carisma natural rápidamente lo impulsaron a la vanguardia. El meteórico ascenso de Ackeli fue impulsado por sus cautivadoras actuaciones, pero también por su imagen de chico malo, una que atraía tanto como repelía.

Entre bastidores, mientras se preparaba para un concierto, Ackeli se paró frente al espejo, ajustándose su camisa negra. El reflejo frente a él era el de un hombre confiado, pero por dentro luchaba con una sensación de vacío. La fama, aunque atractiva, no le trajo las satisfacciones que esperaba.

La presión del éxito
"¿Estás listo, Ackeli?" » lo llamó uno de sus agentes, sacándolo de sus pensamientos. "Esta noche está agotado, ¡tienes que impresionar!" »

"Lo sé, lo sé", respondió Ackeli, su voz delataba una tensión subyacente. "Pero a veces simplemente… desearía poder ser yo mismo". »

"No seas estúpido. Ser uno mismo significa ser lo que la gente quiere. "Eso es lo que te llevó a donde estás hoy", respondió su agente, antes de salir de la habitación.

Estas palabras resonaron dentro de él. La voz de su agente era la de la realidad, pero en el fondo Ackeli se sentía atrapado en un papel que no había elegido. Los placeres de Gomorra, las veladas embriagadoras y las efímeras conquistas no habían llenado el vacío que sentía. Esa noche, estaba decidido a demostrar que podía ser más que el cantante de éxito que todos conocían.

Una carrera hacia Aïah

Su mente volvió a Aïah, la hermosa desconocida que había captado su atención desde su primer encuentro. Cada intercambio con ella lo perturbaba, pero no de la forma que había previsto. Aïah representaba un enigma, una parte de él que aún no había explorado, y que lo intrigaba más allá de cualquier cosa.

"Me gustaría invitarla esta noche", susurró para sí mismo. "Tal vez ella pueda ver quién soy realmente".»

La idea de invitarla a su concierto lo galvanizó. Si Aiah estuviera presente, le daría a su actuación una profundidad emocional que nunca antes había sentido. Empezó a imaginar su intercambio, sus ojos encontrándose en medio de la multitud, alzando la voz para seducirla.

el concierto

Cuando Ackeli subió al escenario esa noche, la energía de la multitud lo impulsó. Los gritos y aplausos lo envolvieron como una segunda piel, pero una vez más se sintió desilusionado por la atención.

"¡Buenas noches, Gomorra! » gritó en broma, aunque tenía el corazón dividido. "¡Esta noche te voy a emocionar como nunca antes! »

Comenzó su primera canción, alzando la voz con pasión ardiente. Pero en medio de la melodía, no pudo evitar buscar a Aïah entre la multitud. Extrañaba su presencia. Cuando terminó la canción, se inclinó sobre el borde del escenario, escudriñando a la multitud, esperando verla.

Un momento de conexión

Cuando la vio, su corazón dio un vuelco. Aïah, de pie al fondo, estaba rodeada de amigos y su sonrisa brillaba a la luz. Parecía cautivada, sus ojos brillaban de admiración, y eso era todo lo que Ackeli necesitaba para sentirse viva.

Continuó con el concierto, pero cada nota que cantaba parecía estar dirigida hacia ella. En un momento de osadía, le dedicó una canción, la letra llena de emoción y promesas silenciosas.

"Para quien me hace sentir más que nunca", susurró ante el micrófono, con la mirada fija en ella.

Los murmullos de la multitud cesaron y Aïah, sorprendida, sintió que se le encogía el corazón. Sus miradas se encontraron y en este intercambio silencioso, todo quedó claro para ella. Quizás detrás de la imagen pública de Ackeli había un hombre que anhelaba ser comprendido, un hombre que buscaba una conexión auténtica.

una mirada atrás

Al final del concierto, al abandonar el escenario, Ackeli se dio cuenta de que estaba listo para enfrentarse a sus propios demonios para conseguir lo que realmente quería: Ouch. Sus pensamientos corrían mientras caminaba detrás del escenario, consciente de que esta noche marcaría un punto de inflexión en su historia.

"Tengo que hablar con él", se dijo mientras se abría paso entre el bullicio de aficionados y espectadores. "No puedo dejar pasar esta oportunidad.»

El ascenso de Ackeli, aunque lleno de éxitos, lo dejó vacío. Pero Aiah tenía el potencial de ofrecerle lo que siempre había buscado: una conexión real. Y eso era exactamente lo que pretendía explorar.

- **Las ambiciones de Ackeli en el mundo de la música**

Para Ackeli Hicha, la música no era sólo una carrera, era una pasión, un escape y, sobre todo, una forma de expresar sus deseos más profundos. Cada nota que cantó, cada melodía que compuso fue la culminación de sueños y ambiciones alimentadas desde muy joven. Al crecer en Gomorra, vio el poder de la música para transformar vidas y estaba decidido a utilizar el arte para crear su propio destino.

El sueño de una carrera internacional
Ackeli siempre había tenido la cabeza llena de sueños grandiosos. Imaginó conciertos en estadios llenos, reconocimiento internacional y música que resonaría en todo el mundo. Sus ambiciones eran claras: no quería ser un cantante fugaz, sino un ícono, un artista capaz de tocar corazones y cambiar vidas a través de sus palabras.

Detrás de escena, mientras se preparaba para sus próximas actuaciones, pensaba en sus objetivos. Su jefe le había dicho muchas veces: "Para entrar en esta industria, hay que estar preparado para cualquier cosa. La música es una batalla y hay que luchar por cada nota, cada aplauso.» Estas palabras resonaron en su interior, animándole a no dejarse distraer por los placeres fugaces que le rodeaban.

Trabajo duro
Para Ackeli, el éxito no llegó sin esfuerzo. Pasó noches enteras escribiendo canciones, perfeccionando sus interpretaciones y trabajando en su imagen. Cada nueva canción era un paso hacia el reconocimiento que tanto deseaba. Sus sesiones de grabación estuvieron marcadas por una intensidad casi palpable, y no dudó en explorar temas audaces, mezclando el amor, la pasión y los desafíos de la vida en Gomorra.

Una noche, después de un largo día en el estudio, salió al balcón de su apartamento y vio la ciudad iluminarse bajo la luna. Fue un momento de reflexión, un momento para recordar por qué estaba luchando. "Quiero que mi música hable", se dijo. "Quiero que todos los que me escuchen se sientan comprendidos, que mis palabras resuenen en ellos.»

El desafío de las celebridades

Pero con cada calificación obtenida, la presión del estrellato se apoderó de él. Las expectativas eran altas y sabía que tenía que esforzarse constantemente para mantener su estatus. Los rumores, los celos y las tentaciones se multiplicaron, y cada interacción, cada decisión podía afectar su carrera.

Una noche, durante una cena con productores influyentes, se inició una conversación sobre la evolución de la música en Gomorra. Uno de ellos, un hombre de negocios de aspecto imponente, le dijo: "Ackeli, tienes potencial para convertirte en algo más que un cantante. Podrías ser un magnate de la música. Pero para eso hay que saber navegar en estas aguas turbulentas.»

Estas palabras resonaron profundamente. Ackeli era consciente de que el camino hacia la cumbre estaba lleno de obstáculos. Sus ambiciones le exigieron tomar decisiones difíciles, estar dispuesto a ceder en su moral si eso significaba lograr el éxito que codiciaba. La tentación de perderse en el mundo de la música era omnipresente.

Música para Aïah

Sin embargo, en lo más profundo de su corazón, una parte de él sabía que sus ambiciones nunca estarían completamente satisfechas sin una conexión auténtica. Y ahí es donde entró Aiah. Su interés en ella era más que una mera atracción; era un deseo de autenticidad en un mundo que parecía querer transformarlo constantemente.

"Si quiero ser un gran artista, debo ser fiel a mí mismo", pensaba a menudo. "Ayah podría ser la clave para recordar quién soy realmente, lejos de las luces y las pretensiones.»

Comenzó a componer canciones inspiradas en Aïah, melodías impregnadas de dulzura y vulnerabilidad. Cada nota, cada palabra, era una forma de capturar esa conexión especial que sentía con ella. Quería demostrarle que podía ser más que un cantante de éxito, que podía ser un hombre capaz de tener sentimientos sinceros.

El dilema del éxito

A medida que avanzaba en su carrera, Ackeli sabía que tenía que tomar una decisión: continuar persiguiendo sus ambiciones a toda costa o tomarse un momento para reducir el ritmo y explorar esta nueva dinámica con Aïah.

"Tal vez no necesito conquistar el mundo de inmediato", murmuró, contemplando la puesta de sol sobre Gomorra. "Tal vez lo que estoy buscando esté justo frente a mí". »

El ascenso de Ackeli no fue sólo una historia de éxito musical, sino también un viaje de autodescubrimiento. Entre el deseo de conquistar y la necesidad de conexión, se encontraba en una encrucijada, dispuesto a abrazar ambos caminos. Y a medida que avanzaba, supo que Aiah podría desempeñar un papel clave en esta búsqueda.

- **Cómo lo transforma su fama**

La fama, que inicialmente parecía una bendición, poco a poco comenzó a transformar a Ackeli Hicha de maneras que nunca imaginó. Cada día se enfrentaba a nuevas expectativas, exigencias cada vez mayores y una presión social que pesaba mucho sobre sus hombros.

Un mundo de exigencias

A medida que su estrella ascendía, la cantidad de trabajo aumentaba. Los horarios de ensayos, grabaciones, entrevistas y sesiones de fotos se estaban convirtiendo en algo habitual. Este incesante torbellino le dejó poco tiempo para pensar en sus elecciones. Sus días se convirtieron en una serie de reuniones, donde la música fue reemplazada por discusiones sobre su imagen, sus socios comerciales y su próxima gira.

Un día, después de una larga jornada de entrevistas, un periodista le hizo una pregunta que lo inquietó: "Ackeli, ¿cómo te sientes al ser considerado un modelo a seguir para tantos jóvenes?» Esta pregunta le asaltó, porque nunca se había visto a sí mismo de esta manera. En su mente, él era simplemente un hombre común y corriente que buscaba compartir su pasión, y ahora se dio cuenta de que millones de ojos lo observaban, esperando que estuviera a la altura de sus expectativas.

Un sacrificio de autenticidad

Con la fama también vino el sacrificio. Ackeli comenzó a darse cuenta de que a menudo tenía que ocultar sus verdaderas emociones y opiniones para complacer a sus fanáticos y a su equipo. Las redes sociales se convirtieron en un campo de batalla de imágenes cuidadosamente construidas, donde el más mínimo paso en falso podía provocar una tormenta mediática.

"No puedo permitirme parecer vulnerable", le confió a su amigo y antiguo compañero musical, Léo, una noche mientras tomaban una copa. "Lo último que quiero es que la gente piense que no puedo gestionar mi carrera.»

Leo, amable pero pragmático, respondió: "Ackeli, no eres un robot. La vulnerabilidad es lo que hace auténtico a un artista. Nunca olvides de dónde vienes.»

Pero esta voz de la razón chocó con la brutal realidad de la industria. Con cada éxito, crecía el miedo a perder esta preciosa posición. No podía dejar que su audiencia viera sus dudas.

Las sirenas del libertinaje

En este mundo de lujo, donde el exceso estaba al alcance de la mano, Ackeli se encontró enfrentado a tentaciones con las que siempre había soñado. Fiestas glamurosas, encuentros con celebridades, botellas de champán en abundancia: todo eso ahora formaba parte de su vida. Pero cada paso que daba en este mundo lo acercaba un poco más al declive.

Una noche, durante una fiesta donde la música estaba a todo volumen, se encontró en medio de un grupo de jóvenes cantantes, todos impulsados por el mismo deseo de brillar. Las risas y charlas a su alrededor se intensificaron cuando aceptó un trago tras otro. En ese momento, se le ocurrió un pensamiento: *¿Es esto lo que realmente quiero?*

Una necesidad de conexión

A pesar de esta vida de fiesta, Ackeli se sentía cada vez más sola. La superficialidad de las relaciones que mantuvo en la industria le dejó un sabor amargo en la boca. Las conversaciones a menudo se centraban en los éxitos y las cifras de ventas, en lugar de en sentimientos reales o experiencias compartidas.

Una tarde, mientras miraba las estrellas desde su balcón, recordó momentos pasados con Aïah. Extrañaba terriblemente sus intercambios simples y auténticos. "¿Por qué me pierdo en esta vida?» se preguntó con el corazón apesadumbrado. "Quiero a alguien que me vea como realmente soy.»

Comenzó a sentir una necesidad urgente de reconectarse con sus raíces y la persona que era antes de la fama. Al pensar en Aiah, supo que ella representaba la autenticidad que buscaba desesperadamente. Pero también se preguntó si ella todavía podría verlo de esa manera, después de todo lo que había cambiado.

Una identidad fragmentada

Poco a poco, Ackeli se dio cuenta de que su fama había comenzado a fragmentar su identidad. Había trabajado muy duro para alcanzar esta cima, pero ¿a qué precio? Las expectativas de su público lo empujaron a ajustarse a un estereotipo de artista que, en el fondo, ya no reconocía.

Se paró frente al espejo, examinando su reflejo. El hombre frente a él se había convertido en una versión de sí mismo que ya no entendía. Se debatía entre la necesidad de agradar y el deseo de ser auténtico.

Una decisión que tomar

Esta dualidad lo llevó a una conclusión crucial: tenía que encontrar su voz, la que lo había llevado a la música en primer lugar. Pero para ello tuvo que enfrentarse a los demonios de la fama, la presión y sus propias decisiones.

"No puedo seguir así", susurró, decidido. "Necesito encontrar mi esencia. Y comienza con Ayah. »

Por tanto, el ascenso de Ackeli estuvo marcado por una transformación, pero también por una búsqueda para redescubrirse a sí mismo. Sabía que necesitaba redescubrir una conexión auténtica consigo mismo y con Aiah para navegar en este mundo de glamour y desilusión.

- **Sus interacciones con otras figuras influyentes.**

A medida que Ackeli Hicha consolidaba su posición en el mundo de la música, se encontró rodeado de figuras influyentes, cada una con su propia agenda y forma de darle forma. Estas interacciones, a menudo cargadas de ambiciones y juegos de poder, lo enfrentaron a decisiones morales delicadas y a relaciones a veces ambiguas.

El encuentro con el empresario.

Uno de los primeros en interesarse por él fue Marcel Duvall, un empresario reconocido por sus habilidades de gestión y su capacidad para transformar a jóvenes artistas en superestrellas. Sus intercambios estuvieron siempre marcados por la adulación y la ambición.

"Eres un diamante en bruto, Ackeli", había declarado Marcel durante su primer encuentro en un elegante café de Gomorra, con su mirada penetrante. "Con un buen pulido podrás brillar como nunca. Puedo ayudarte a alcanzar grandes alturas, pero tendrás que hacer sacrificios.»

Ackeli recordó haber sonreído, deslumbrada por la promesa de gloria. Pero en lo más profundo de su ser, una voz interior le decía que se mantuviera alerta. Marcel era un hombre de poder y sus verdaderas intenciones a veces eran oscuras. Se involucró con él, pero la ansiedad de ser manipulado permaneció latente.

Conexiones con otros artistas

Al mismo tiempo, Ackeli se hizo amigo de otros artistas, algunos de los cuales ya eran celebridades establecidas. Élodie, una cantante exitosa e ícono de las redes sociales, era conocida por su espíritu audaz y su franqueza.

"La fama es un juego, Ackeli", le dijo en un espectáculo posterior. "Si quieres sobrevivir en esta jungla, tienes que aprender a jugar. Pero ojo, cada golpe tiene su precio.»

Esta filosofía le preocupaba. Mientras admiraba el carisma de Élodie, empezó a darse cuenta de que, detrás de esta fachada de confianza, se escondía una vulnerabilidad, un miedo a perder su estatus. Su relación, aunque llena de promesas, también estuvo teñida de rivalidad.

La influencia de los medios

Los periodistas también desempeñaron un papel importante en esta transformación. Ackeli había aprendido a navegar en este mundo fascinante y confuso. Durante una entrevista con una reconocida revista musical, el periodista le preguntó sobre sus inspiraciones y su visión artística.

"Parece sentirse cómodo con su popularidad, pero ¿le está costando en términos de autenticidad?» preguntó, con los ojos penetrantes.

Esta pregunta le hizo tomar conciencia de la dualidad de su cargo. Quería responder con sinceridad, pero el miedo a las consecuencias lo detuvo. Había aprendido a expresar sus respuestas de una manera que agradara a su audiencia y al mismo tiempo preservara un elemento de misterio.

"Creo que todo artista evoluciona", dijo finalmente, con el corazón acelerado. "La música es un reflejo de nuestras experiencias.»

El encuentro con el rival

En este universo también se cruzó con Vanessa, otra aspirante a cantante, que lo consideraba un rival. Su ambición y talento eran innegables y su encuentro estuvo marcado por una tensión palpable.

"Siempre he admirado tu trabajo, pero no te voy a dar el espacio que ocupas", le dijo un día, con una sonrisa a la vez provocativa y desafiante.

Ackeli, sorprendida por su franqueza, sintió una chispa de adrenalina. Este encuentro le hizo reflexionar sobre su propia posición y los peligros del ego. El negocio de la música era un campo de batalla y tenía que elegir sus batallas con cuidado.

Las decisiones difíciles

Al navegar entre estas figuras influyentes, Ackeli a menudo se encontró ante decisiones difíciles. Cada interacción fue un paso hacia la gloria, pero también un recordatorio constante de los sacrificios que tuvo que hacer.

Una noche, después de un tenso encuentro con Marcel, Ackeli se dirigió a su amigo Léo y le expresó sus dudas. "Me pregunto si esto realmente vale la pena. ¿Estoy perdiendo mi verdadera voz?»

Leo, siempre el sabio consejero, respondió: "Tú decides lo que realmente importa. La fama es pasajera, pero tu autenticidad podría durar para siempre si decides defenderla.»

Estos pensamientos permanecían en el fondo de su mente mientras buscaba equilibrar la fama con su deseo de permanecer fiel a sí mismo. Mientras seguía encontrándose con personas influyentes, supo que tenía que afrontar las sombras de su propia ambición para no perder de vista quién era realmente.

Capítulo 6
Una noche loca

La noche cayó sobre Gomorra, envolviendo la ciudad con un velo misterioso. Las luces parpadeantes de clubes y bares atrajeron a los juerguistas a un torbellino de música, risas y promesas fugaces. Ackeli Hicha, en el apogeo de su gloria, se preparaba para vivir una noche que lo cambiaría todo.

La invitación a la velada.

Todo empezó con una invitación exclusiva a una fiesta organizada por uno de los productores más influyentes de la industria musical, Antoine Leroux. La lista de invitados incluyó celebridades, modelos y figuras del mundo de la música. Esa noche se trató de celebrar el éxito de un álbum, pero para Ackeli fue una oportunidad de solidificar su lugar entre las élites de Gomorrah.

Al entrar en la suntuosa villa de Antoine, Ackeli fue recibido por una atmósfera eléctrica. La música latía al unísono con los latidos de su corazón, mientras observaba a la multitud bailando, cautivada por los destellos de luz.

El encuentro con la tentación

Mientras tomaba una copa en el bar, llamó la atención de Vanessa, la cantante rival. Allí estaba ella, rodeada por un grupo de admiradores admiradores, su sonrisa brillando en la tenue iluminación. Caminó hacia él, con un brillo de desafío en sus ojos.

"Entonces, Ackeli, ¿estás lista para bailar con los grandes esta noche? » preguntó, su tono era a la vez provocativo y burlón.

"Eso es todo lo que hago, Vanessa", respondió sonriendo, consciente de la energía entre ellos. "La noche aún es joven. »

Bailaron juntos, un baile marcado por una tensión palpable. Las risas y los murmullos de los invitados los rodeaban, y cada movimiento parecía llenar el aire con una promesa silenciosa.

el patinazo

Pero esta velada, inicialmente festiva, dio un giro inesperado. Los vasos se llenaron rápidamente y el alcohol amplificó las emociones. Un grupo de fans, llenos de adrenalina, se acercaron a Ackeli y le pidieron que subiera al escenario para un miniconcierto improvisado.

"¡Vamos, Ackeli!" ¡Muéstranos lo que puedes hacer!» gritó uno de ellos.

No lo dudó. La música lo envolvió haciéndole olvidar las dudas y presiones. En el escenario se sentía vivo, liberado y el público le ofrecía una calidez que no había sentido en mucho tiempo. Sin embargo, en medio del entusiasmo, sintió un escalofrío de ansiedad.

La espiral de la noche

A medida que avanzaba la noche, la atmósfera se volvía cada vez más caótica. La música estaba en pleno apogeo y la gente bailaba con energía salvaje. Vanessa, habiendo llamado la atención de Ackeli, se acercó aún más.

"Sabes, la noche está hecha para aventuras", le susurró al oído, sus labios rozando su piel. "¿Por qué no aprovecharlo?»

Los latidos de su corazón resonaban en su pecho. Ackeli, dividido entre el deseo de ceder a la tentación y la conciencia de sus responsabilidades, se sintió atrapado. Siempre se había sentido atraído por la audacia de Vanessa, pero sabía que seguir ese camino correría el riesgo de perderlo aún más en esta locura circundante.

Las decisiones desgarradoras

Finalmente, la situación se salió de control cuando surgieron tensiones entre ciertos invitados. Un fuerte grito llamó la atención, seguido de un empujón que hizo caer los vasos. Ackeli, al darse vuelta, vio miradas ardientes y gestos agresivos. La fiesta rápidamente se convirtió en un campo de batalla de gritos y discusiones.

En medio de este tumulto, Ackeli sintió una oleada de desesperación. ¿Cómo pudo haberse dejado llevar tanto? Se alejó de la escena, buscando un lugar para recomponerse, para encontrar significado al caos que lo rodeaba.

El regreso a la realidad

Un momento después, encontró un lugar apartado en el balcón, lejos de la locura de la fiesta. La fresca brisa nocturna le trajo algo de claridad. Mientras estaba allí, contemplando las luces de la ciudad, se dio cuenta de que necesitaba dar un paso atrás.

"¿Qué estoy haciendo aquí?" » murmuró para sí mismo, dándose cuenta de lo perdido que estaba. La fama, el éxito y las festividades habían ganado, pero ¿a qué precio?

De repente, un rostro familiar surgió de las sombras. Así era Aiah, su gentileza y autenticidad eran un faro en esta tormenta.

"Ackeli", dijo en voz baja, "te he estado buscando. No te reconozco en este mundo.»

Estas palabras resonaron en su interior como una verdad, una comprensión brutal. Había sido arrastrado por la tormenta, pero en el fondo sabía que tenía que elegir entre esta vida de libertinaje y la búsqueda de algo más profundo y verdadero.

- **La fiesta da un giro dramático**

Mientras Ackeli y Aïah estaban en el balcón, había una tensión palpable en el aire. El contraste entre la serenidad de su intercambio y el tumulto de la fiesta en el interior fue sorprendente. De repente, un grito atravesó la noche, seguido por el estrépito de cristales rotos. Los dos jóvenes intercambiaron una mirada preocupada antes de entrar, donde el desorden se estaba apoderando del lugar.

El caos se apodera de la noche

Dentro de la villa, la situación degeneró rápidamente. Los invitados, visiblemente ebrios, discutían violentamente, sus voces se mezclaban con los ritmos de la música que seguía sonando, indiferentes a la desesperación que se apoderaba de ellos. Ackeli, al darse cuenta de que se había convertido en el catalizador involuntario de este caos, sintió una oleada de culpa.

"¿Qué está pasando aquí?" » preguntó alzando la voz, intentando calmar los ánimos.

Un hombre, un celoso rival de Ackeli, estaba de pie en medio de la habitación, con la mirada oscura y desafiante. "¡Te llevaste todo lo que me pertenecía, Ackeli! ¡Y ahora te pavoneas delante de todos como un rey! »

Las palabras del hombre resonaron en el aire como una provocación. Ackeli sintió que su corazón se aceleraba. Era una confrontación que no podía ignorar. Había querido ascender, pero ¿a qué precio? Las relaciones que había construido ahora parecían amenazadas por esta simple confrontación.

El aumento de la tensión

Los murmullos se intensificaron entre la multitud. Algunos invitados, cautivados por la escena, sacaron sus teléfonos para filmar el momento, como si el drama que vivían fuera una simple obra de teatro.

"¿Crees que eres mejor que todos nosotros?" » continuó el hombre, acercándose a Ackeli, con los ojos ardiendo de ira. "¡No eres nada sin tus amigos!" »

Aïah, de pie junto a Ackeli, sintió una descarga de adrenalina. "Déjalo en paz", intervino ella con valentía, su tono firme. "Este no es el momento ni el lugar para eso. »

Ackeli se volvió hacia ella y reconoció su fuerza en ese momento de caos. Ella estaba allí, decidida, y eso le dio valor. Pero las tensiones siguieron aumentando y la fiesta que debería haber sido una celebración dio un giro trágico.

Un golpe inesperado

De repente, mientras el grupo se agolpaba a su alrededor, estalló un puñetazo que golpeó al hombre que había desafiado a Ackeli. El sonido del impacto resonó como una detonación y se hizo un silencio horrorizado. Al momento siguiente, la sala estaba alborotada y se escuchaban gritos mientras los invitados intentaban darle sentido a la situación.

" No ! ¿Qué estás haciendo? » gritó Aïah, horrorizada por el estallido de violencia.

Ackeli, consternado por el giro de los acontecimientos, se lanzó a la refriega para separar a los combatientes. "¡Detener! » gritó, tratando de restablecer la calma. Pero la locura se había apoderado de las mentes de la gente y todos parecían impulsados por una rabia inexplicable.

Las consecuencias de la locura.

A medida que la violencia se extendía, Ackeli se sintió impotente. Era como si aquello de lo que había querido escapar —la superficialidad y el absurdo de este mundo— finalmente se manifestara ante sus ojos. Los vasos volaban, la gente gritaba y la fiesta, que había prometido ser una celebración del éxito, se convirtió en un escenario de desolación.

"Lo siento, Aiah", susurró, dándose cuenta de que la había arrastrado a esta tormenta. "No quería que esto sucediera. »

Ella lo miró, su expresión era una mezcla de miedo y determinación. "Necesitamos salir de aquí, Ackeli. Ya no es una fiesta, es una pesadilla. »

La huida al exterior

Ackeli tomó su mano y la empujó entre la multitud desordenada. Juntos, se dirigieron hacia la salida, evitando las miradas enojadas y las voces fuertes. Una vez afuera respiraron el aire fresco de la noche, el contraste entre la calma del exterior y el caos del interior fue marcado.

"¿Qué acaba de pasar? » preguntó Aiah, temblando. "Se suponía que todo esto iba a ser una celebración. »

Ackeli, con el corazón apesadumbrado, negó con la cabeza. "Siento que esta noche expuso todo lo que está mal en este mundo. Pensé que la fama sería un sueño, pero se convirtió en una pesadilla.»

El momento de la verdad

Mientras se alejaban de la villa, Ackeli se dio cuenta de que esa noche marcaba un punto de inflexión en su vida. El partido que supuestamente lo impulsaría a nuevas alturas había revelado las sombras de su existencia. Junto a Aïah, comprendió que tenía que tomar una decisión: seguir viviendo en esta locura o buscar un camino que le permitiera encontrar su verdadera esencia.

"Ayah", dijo con emoción, "quiero ser honesto conmigo mismo. Ya no puedo vivir esta vida.»

Ella lo miró con los ojos llenos de comprensión. "Es hora de volver a lo que realmente importa.»

La noche era oscura, pero en el fondo brillaba un rayo de esperanza. Juntos se embarcaron en un nuevo camino, decididos a afrontar los desafíos que les esperaban.

- **Aumenta la tensión entre Aïah y Ackeli**

Las calles de Gomorra estaban iluminadas por faroles titilantes, pero el corazón de Aia estaba ensombrecido por los acontecimientos recientes. Mientras caminaba junto a Ackeli, una distancia invisible pareció formarse entre ellos, como una espesa niebla que oscurecía la autenticidad de su vínculo. La proximidad física no fue suficiente para disipar la angustia que pesaba sobre sus almas.

Emociones conflictivas

Aïah no podía ignorar la pasión que emanaba de Ackeli, ni el encanto irresistible que exudaba. Sin embargo, cada mirada, cada sonrisa, sólo intensificaba su tormento. Estaba dividida entre la atracción que sentía y el miedo a las consecuencias que conllevaba. Sabía que él era un hombre atrapado por la fama y esa realidad le resultaba dolorosa.

"¿Por qué estás tan callado?" » preguntó Ackeli, sus ojos buscando su rostro. La preocupación era palpable en su voz.

"Yo..." comenzó, pero las palabras se atascaron en su garganta. "Me pregunto si tomamos la decisión correcta de quedarnos aquí. Después de lo que pasó..." Dejó la frase en suspenso, insegura de querer sumergirse en las aguas tumultuosas de sus sentimientos.

Ackeli se detuvo, con la mano en el brazo, en un gesto a la vez posesivo y protector. "¿Sigues pensando en lo que pasó en la fiesta? Fue... un accidente.»

"¿Un accidente?» exclamó Aiah, con un brillo de desafío en sus ojos. "La gente peleaba, Ackeli. Realmente no parece un accidente. Esto muestra lo mal que pueden ponerse las cosas.»

sus ojos se encuentran

La tensión entre ellos era eléctrica. Ackeli se sintió frustrado por su incapacidad para encontrar las palabras adecuadas. Él la miró, deseando abrazarla, pero sabía que había muros entre ellos, dudas y miedos que él había ayudado a construir.

"Entiendo cómo te sientes, Ayah. Sé que mi vida es un torbellino y eso te asusta", dijo en voz baja, esperando que su vulnerabilidad abriera el camino hacia una conexión más profunda. "Pero quiero que sepas que estoy aquí para ti".»

Los ojos de Aiah se iluminaron, pero intentó permanecer impasible. "Estás ahí para mí, pero ¿realmente estás ahí para ti?» Su tono fue más acusatorio de lo que ella pretendía. "¿Quién eres realmente, Ackeli? ¿El cantante exitoso o el hombre que quiero conocer?»

Revelaciones inesperadas

Ackeli la miró fijamente, con la sorpresa pintando su rostro. Nunca había pensado en esto. Cada decisión que había tomado, cada paso que había dado hacia la fama, lo había alejado más de su verdadero yo. ¿Se había convertido en un extraño, incluso para quienes lo amaban? "Yo... ya no lo sé", admitió, con la voz quebrada. "Quería ser alguien importante, pero ¿a qué costo? »

Aiah se acercó, sintiendo la calidez de su presencia. "Tal vez la fama no es lo que pensabas". Tal vez sea hora de descubrir quién eres realmente.»

Ackeli, consciente del frágil momento que compartían, se acercó a ella. Sus rostros estaban tan cerca que Aiah podía oler el aroma almizclado de su piel. La angustia y el deseo se mezclaron en el aire, creando un aliento cálido entre ellos.

La elección de la autenticidad

"Quiero ser auténtico", susurró, con la voz temblorosa de sinceridad. "Y quiero que estés conmigo en este viaje".»

Los ojos de Aïah brillaron de emoción, pero el miedo a lo desconocido la detuvo. "¿Qué pasa si la verdad te hace más daño que bien? » dijo, una lágrima resbalando por su mejilla.

La mano de Ackeli se levantó suavemente para secarse la lágrima, un gesto tierno que derritió las paredes del almacén que había erigido. "Creo que vale la pena correr el riesgo de ser feliz", dijo, con la voz llena de nueva determinación.

Un momento suspendido

Sus miradas se cruzaron y el tiempo pareció detenerse. Este momento, tan precioso como delicado, los invitó a romper las cadenas de su pasado. Aiah sintió una oleada de calidez, la promesa de algo más grande, pero el miedo al dolor y la traición les impidió seguir adelante.

"¿Qué tal si nos arriesgamos juntos? » sugirió Ackeli con una sonrisa insegura en los labios. "Pase lo que pase, quiero que seamos honestos el uno con el otro. »

Aïah vaciló, pero un escalofrío de excitación recorrió su espalda. "Está bien", susurró, su voz apenas audible. "Pero eso significa que tenemos que estar preparados para cualquier cosa.»

Y así se encontraron al borde de un abismo, en la encrucijada entre el deseo y el miedo. En este momento suspendido, respiraron profundamente, cada uno preguntándose qué les deparaba el futuro.

- **El intento de Ackeli de conquistar Aïah**

Al día siguiente de aquella noche en que la tensión entre Aïah y Ackeli había llegado a su punto máximo, un nuevo día amaneció en Gomorra, luminoso pero lleno de angustia. Ackeli estaba decidido a cambiar la dinámica entre ellos, a mostrarse bajo una luz diferente, a conquistarla sin la sombra de su antigua vida. Para lograrlo, sabía que primero tenía que derribar los muros que su pasado había erigido.

Un enfoque reflexivo
Planificó cuidadosamente su primer acercamiento. No sólo quería impresionarla con su fama o encanto. Necesitaba que Aiah viera el hombre que realmente era. Se levantó temprano esa mañana, vistió de manera más informal, abandonando la ropa extravagante que muchas veces acompañaba su imagen de estrella. Elige una camiseta sencilla y unos vaqueros, queriendo proyectar una imagen auténtica.

"Ayah, espérame en el café de la plaza esta tarde", le había sugerido en un mensaje que le envió, con el corazón acelerado. Esperaba que ella aceptara, que le diera la oportunidad de demostrar que podía ser algo más que un cantante famoso.

La reunión en el café.
Cuando Aiah entró al café, encontró a Ackeli sentado en una mesa, con un café humeante frente a él. Su mirada era seria, pero sus ojos

brillaban con una luz cálida. Se levantó rápidamente, con una sonrisa tratando de ocultar su nerviosismo en su rostro.

"¡Oye, Ayah!» exclamó dándole la bienvenida. "Espero que hayas pasado una buena noche.»

"No puedo decir que haya sido fácil", respondió ella, sentándose frente a él, con las manos temblando ligeramente. A ella le sorprendió su apariencia más informal, pero permaneció en guardia.

Un diálogo abierto

Ackeli se inclinó hacia delante, con la mirada fija en ella y un brillo de sinceridad en los ojos. "Quería hablar contigo, Aiah. Realmente quiero que me conozcas mejor. Sé que no soy el hombre que imaginabas, pero estoy dispuesto a hacer cualquier cosa para demostrarte que puedo ser diferente.»

Aiah se cruzó de brazos, luchando contra una ola de emoción. "¿Por qué ahora, Ackeli? ¿A qué se debe este cambio de actitud? preguntó, con incertidumbre en su voz. "Eres famoso, admirado por tanta gente. ¿Qué significo realmente para ti?»

La confesión de Ackeli

Ackeli suspiró, buscando las palabras adecuadas. "Al principio te vi como un desafío, alguien inaccesible. Pero cuanto más te conozco, más me doy cuenta de que no es un desafío. Es un deseo, una necesidad de estar contigo. Había honestidad en su voz, y Aiah sintió un escalofrío al pensar que sus palabras pudieran ser genuinas.

"Nunca he conocido a nadie como tú", continuó. "Eres hermosa, pero no se trata sólo de tu apariencia. Es tu fuerza, tu determinación. Y eso lo admiro. Pero también entiendo que mi vida puede parecerte un torbellino.»

Un momento de conexión

Aiah tragó, sorprendida por su vulnerabilidad. "Estoy un poco perdido, Ackeli. Quiero creer lo que dices, pero..." Hizo una pausa, sus pensamientos se nublaron por la ansiedad. "Me temo que esta pasión será pasajera, como todo lo demás en tu vida.»

"¿Y si intentáramos ir más allá de las apariencias? » sugirió Ackeli, su mirada intensa. "Quiero que exploremos lo que hay detrás de nuestras fachadas. ¿Por qué no pasar más tiempo juntos, lejos de todo lo que nos rodea? Quiero mostrarte mi vida, sin el filtro de la fama. »

Una invitación al descubrimiento
Aïah se debatía entre su instinto de protegerse y la irresistible atracción que sentía por él. "¿Hablas en serio?" » preguntó, la curiosidad se hizo cargo.

"Sí", respondió con convicción. "Sugiero que pasemos el fin de semana juntos. Solo nosotros dos, lejos de Gomorra, en un lugar donde hablar, reír y descubrir quiénes somos realmente. »

Su corazón se aceleró ante la idea de abandonar la ciudad, de estar a solas con él, pero también surgió un sentimiento de temor. "¿Qué pasa si todo esto no conduce a nada? » susurró, con miedo arrastrándose en su voz.

El seguro de Ackeli
Ackeli respiró hondo y sus ojos no la abandonaron. "Si esto no conduce a nada, al menos lo habremos intentado. Pero creo que ambos necesitamos descubrir qué podría surgir entre nosotros. Estoy listo para luchar por ti, Ayah. »

Esta afirmación resonó en su interior y la promesa de una aventura, a la vez aterradora y estimulante, comenzó a invadirla. Aiah sabía que corría el riesgo de perderse en este torbellino de emociones, pero tal vez esto sería exactamente lo que necesitaba para seguir adelante.

Con palpable vacilación, ella asintió. "Está bien, Ackeli. Voy a tratar de. Pero prométanme una cosa: si se complica demasiado, pararemos todo. »

"Lo prometo", dijo, con una sonrisa radiante iluminando su rostro. Habían dado un paso adelante y lo que les esperaba bien podría ser una danza entre el deseo y la autenticidad.

Por supuesto, aquí hay una reescritura de esa escena, enfatizando la trágica realidad del asalto y evitando descripciones gráficas explícitas.

Parte III: La caída
Capítulo 7
El acto brutal

- **La fatídica noche de la violación**

La fiesta estaba en pleno apogeo, una explosión de color, risas y música. Los habitantes de Gomorra bailaron, borrachos por el alcohol y la emoción, sin saber que esta noche, una vez tan esperada, iba a tomar un giro trágico. Aïah se hizo a un lado, con el pecho apretado por la ansiedad, la euforia ambiental le parecía casi extraña. Observó a las parejas balancearse, rindiendo homenaje a la alegría de vivir, mientras se perdía en sus propios pensamientos oscuros.

El olor a comida deliciosa flotaba en el aire, pero para Aiah todo se había vuelto amargo. Ni siquiera la emoción de la fiesta, tan animada, pudo ahuyentar las sombras que se cernían sobre ella. Ackeli, en medio de la multitud, llamó la atención, su carismática presencia cautivó la atención. Sabía que él era objeto de fascinación y deseo para muchos, pero para ella también representaba un peligro que no podía ignorar.

De repente, una voz familiar resonó en su cabeza, la de su tío Akouar, recordándole los peligros de este mundo, de esta Gomorra donde el placer había dejado de lado toda moralidad. **"Ten cuidado, Ayah. Los hombres como Ackeli pueden ser atractivos, pero a menudo están rodeados de oscuridad".**

A medida que avanzaba la noche, Aïah se sintió atrapada en un torbellino de emociones encontradas. Sabía que esta atracción podría conducirla a su ruina, pero la realidad de una elección la perseguía. Cuando intentó salir del lugar de la fiesta para tomar un poco de aire fresco, se encontró cara a cara con Ackeli, quien tenía una mirada insistente.

"Siempre huyes, Aiah. Para qué ? » preguntó, su voz teñida de frustración mezclada con un deseo insaciable.

"No estoy huyendo, yo... sólo quiero estar sola por un tiempo", respondió ella, con la voz temblorosa.

Ackeli se acercó, con un brillo decidido en sus ojos. "Tenemos una conexión, Ayah. ¿No lo ves? No quiero que te vayas. Ahora no. »

Se sentía atrapada en una maraña de sus propios sentimientos, la necesidad de preservarse luchando contra el impulso de ceder a sus impulsos. "Ackeli, yo..."

Interrumpió, con una sonrisa seductora en su rostro. "Déjame mostrarte lo mágica que puede ser esta noche". Venga conmigo. »

Antes de que ella pudiera protestar, él la tomó de la mano y la alejó de las luces cegadoras de la fiesta. Aïah se dejó guiar, pero sonó una alarma interior, una señal de advertencia que no podía ignorar.

Entraron en un callejón oscuro, lejos de las festividades. La música se apagó, dando paso al inquietante silencio de la noche. La sensación de peligro se hizo más fuerte cuando, a medida que avanzaban, Aïah comprendió que había dejado atrás todas las rutas de escape.

"Ackeli, no estoy segura..." comenzó, su voz era un susurro, pero él la ignoró, inclinándose hacia ella, con la mirada ardiente.

"Tienes que dejar de resistirte, Aiah. Sé que tú también lo sientes. »

Se sentía atrapada en una maraña de sus propios sentimientos, la necesidad de preservarse luchando contra el impulso de ceder a sus impulsos. Cuando intentó salir del lugar de la fiesta para tomar un poco de aire fresco, se encontró cara a cara con Ackeli, quien tenía una mirada insistente.

"Aww, confía en mí", susurró, pero su tono había cambiado a una impaciencia y enojo subyacentes.

Ella dio un paso atrás, una ola de escalofríos recorrió su cuerpo. "Déjame, no quiero..."

De repente, la agarró por los brazos, su agarre se volvió abrupto y la dejó sin aliento. La mirada de Ackeli, que alguna vez fue encantadora y seductora, se había oscurecido, dando paso a una mirada hambrienta. Aiah sintió una oleada de pánico al darse cuenta de que lo que había comenzado como una danza entre el deseo y la excitación estaba tomando un giro de pesadilla.

"Aww, confía en mí", repitió, pero sus ojos brillaron con una luz que ella nunca había visto antes. Entonces comprendió que sus palabras se habían convertido en amenazas disfrazadas.

"No quiero esto", gritó, con la voz quebrada bajo el peso del terror.

Él no la escuchó, demasiado consumido por su deseo. Con un movimiento rápido, la atrajo hacia él, aislándola en la oscuridad. Aïah intentó luchar, pero su fuerza venció.

Los latidos de su corazón resonaron en sus oídos, la realidad de este momento la golpeó con tal intensidad que se quedó sin palabras. La fiesta, tan vibrante y llena de vida, parecía lejana, como un sueño convertido en pesadilla. Ella gritó, pero la alegría de los demás cubrió su voz, haciéndola invisible.

Los minutos se prolongaron y cada segundo pareció una eternidad. Lo que había pensado que sería un momento de adrenalina se convirtió en una realidad brutal y aterradora. Ella luchó contra él, pero la angustia y la tristeza la llenaron de desesperación. La fuerza de su resistencia fue barrida por la violencia de sus intenciones.

En ese terrible momento en el que la realidad se volvió borrosa, Aïah comprendió que estaba viviendo lo impensable, una experiencia que marcaría su vida para siempre. El encanto de Ackeli, tan seductor, era ahora el de un depredador, y ella era su presa.

Aquí está la secuela centrada en las emociones de Aïah, su dolor y vergüenza después del brutal acto.

- **Las emociones de Aïah: dolor y vergüenza**

Aiah se quedó congelada en la oscuridad, con el corazón apesadumbrado, como si el peso de toda la noche pesara sobre sus hombros. El mundo que la rodeaba había desaparecido, reemplazado por un vacío abrumador, y todo lo que quedaba era un dolor sordo, un ardor que parecía extenderse por cada célula de su ser. El grito silencioso que ella había lanzado, un último intento de defensa, todavía resonaba en su mente.

El dolor, tanto físico como emocional, la abrumó. Ella estaba allí, presente y ausente, como flotando sobre su propio cuerpo, observando lo que acababa de suceder con una angustia paralizante. Cada latido de su corazón le recordaba la intensidad de ese momento, la brutalidad del ataque. Siempre había sido una joven fuerte, con sueños y aspiraciones, pero ahora todo parecía muy lejano, casi irreal.

La vergüenza la devoró. Sentía que no había podido protegerse, que cada elección que había hecho la había llevado a este callejón sin salida. ¿Cómo pudo haber creído que podía escapar de cuál era su destino? Los pensamientos se arremolinaban en su mente, cada uno de sus recuerdos con Ackeli se convertía en una fuente de dolor. Había querido creer en la belleza de los sentimientos, en la posibilidad del amor puro, pero ahora todo parecía empañado por esa sombra despiadada.

" Para qué ? ¿Por qué yo? » susurró en el silencio, mientras las lágrimas corrían por sus mejillas. Se sintió traicionada por el mundo, por una sociedad que valoraba la fama por encima de la dignidad humana. Su mirada vacía miraba al suelo, como si buscara desesperadamente una respuesta en la tierra que la rodeaba.

Los recuerdos de su padre, de su amor inquebrantable y de la protección que siempre le había ofrecido, lo invadieron. Siempre había creído que podía afrontar cualquier cosa, que estaba preparada para afrontar la vida. Pero esa noche, todos sus principios se habían derrumbado, dando paso a una vulnerabilidad insoportable. Se sintió deshonrada y le robaron su reputación e integridad en un instante. Los murmullos de la fiesta seguían resonando a lo lejos, pero para ella todo parecía congelado. Había perdido algo invaluable, algo que nunca podría recuperar. La inocencia que siempre había apreciado, la sensación de estar segura en su propio cuerpo, todo había desaparecido, dejando tras de sí un inmenso vacío.

En la oscuridad, luchó con sus pensamientos. No quería ser una víctima, pero no podía ignorar lo que había soportado. ¿Y ahora qué hacer? Vergüenza y dolor mezclados con una rabia sorda, una necesidad de venganza que comenzaba a surgir dentro de ella.

Se puso de pie lentamente, le temblaban las piernas y la cabeza llena de imágenes distorsionadas. La sombra de Ackeli se cernía sobre ella como una nube de desesperación. Sabía que tenía que afrontar esta realidad, no sólo por ella misma, sino por cualquier otra mujer que pudiera sufrir el mismo destino. El dolor era insoportable, pero no quería dejar que eso la afectara.

El silencio de la noche le pareció pesado cuando se dio cuenta de que ya no podía permanecer en las sombras. La vergüenza que sentía, aunque abrumadora, no debería impedirle luchar. Aïah ahora sabía que tenía que levantarse, hablar y reclamar su derecho a la dignidad, al amor, a la verdad.

Esa noche le había robado la paz, pero estaba decidida a recuperarla. La lucha acababa de comenzar y tenía que estar preparada para luchar contra las sombras que la rodeaban, incluso si eso significaba enfrentarse a sus propios demonios. Aiah cerró los ojos por un momento y luego los abrió con nueva resolución. Nunca volvería a ser la misma, pero no dejaría que esta noche definiera quién era.

- **El silencio impuesto por el miedo**

En los días posteriores a la fatídica noche, Aïah se encontró atrapada en un torbellino de silencio. Todas las mañanas se despertaba con la misma sensación de opresión, como si un velo oscuro hubiera cubierto su vida. El miedo se había filtrado en cada rincón de su mente, sofocando su deseo de hablar, gritar, compartir su trauma. Ese silencio, ese mutismo impuesto por el miedo, se había convertido en su nuevo compañero.

Caminó por las calles de Eva 3 con la cabeza en alto, pero por dentro su corazón estaba cargado de secretos. Cada sonrisa intercambiada, cada mirada cruzada con los habitantes del pueblo, le parecía cargada de una amenaza invisible. **¿Qué dirían si lo supieran?** La idea de quedar expuesta la asustaba aún más que el dolor que había soportado.

Un día, mientras estaba en el mercado, llamó la atención de una vieja amiga, Mélanie. Las dos mujeres se conocían desde la infancia, compartían risas y confidencias. Pero en ese momento, Aïah sintió que se levantaba una barrera entre ellos. Melanie, con sus ojos brillando de inocencia, nunca pudo imaginar lo que había sucedido. **Y Aiah no podía ponerle ese peso encima.**

"¡Oye, Ay!" Pareces cansada", dijo Melanie con una cálida sonrisa.

"Sí, sólo un poco... ocupada", respondió Aiah, su voz apenas audible y su corazón acelerado. Se obligó a sonreír, pero el dolor en su interior se hizo más profundo.

El miedo se había convertido en un muro invisible, pero muy poderoso. Aiah sintió que todos podían ver a través de su máscara, que sabían que llevaba una carga insoportable. **Cada murmullo en la multitud la hacía saltar, cada sombra la hacía estremecer.** Temía encontrarse con Ackeli, encontrarse cara a cara con quien le había robado su seguridad y su felicidad. La idea de tener que enfrentarse a él, de afrontar su mirada desdeñosa, la aterrorizaba.

Los días se sucedían en una opresiva monotonía. Aïah se refugió en casa, evitando fiestas y reuniones, donde las carcajadas enmascaraban verdades ocultas. Se sentó junto a la ventana, observando cómo transcurría la vida afuera, como si se hubiera convertido en una espectadora. Esta distancia la lastimó aún más, convenciéndola de que ya no pertenecía a este mundo.

Su padre, siempre preocupado por su bienestar, empezó a notar los cambios en ella. "Ayah, sabes que estoy aquí para ti, ¿verdad? » le dijo, con preocupación en su voz.

"Sí, papá, todo está bien", mintió con la voz temblorosa. Sabía que no podía decirle la verdad, que no podía aumentar su dolor. Pero por dentro, su corazón se rompía un poco más cada día.

Las noches fueron las más duras. Las sombras de sus pesadillas lo rodeaban, y el silencio que reinaba en su habitación era sólo un reflejo de su propia desesperación. **Se despertaba sudando, sin aliento, reviviendo el horror, sintiendo el dolor como si acabara de suceder.** Hablaba consigo misma para tranquilizarse, pero cada palabra era una promesa que sabía que nunca podría cumplir. : "No debería definir quién soy. Debo ser fuerte. »

El miedo, siempre presente, se enroscaba a su alrededor como una serpiente, susurrándole al oído que no podía confiar en quienes la rodeaban. **¿Qué pasaría si ella hablara? ¿Si ella revelara lo que Ackeli le había hecho?** Las consecuencias podrían ser devastadoras. La vergüenza que conllevaba era palpable, una carga que tenía que llevar sola.

Y, sin embargo, en lo más profundo de su interior, algo empezaba a burbujear. **El miedo y el dolor la habían debilitado, pero no la habían destruido.** Aiah sabía que tenía que encontrar su voz y que algún día tendría que romper el silencio que la envolvía.

Los susurros de la fiesta de Gomorra todavía resonaban en su memoria, un recordatorio constante de lo que había perdido. Pero más que nunca, sentía que no podía permitir que este acontecimiento definiera su existencia. Tenía que encontrar el coraje para hablar, para revelar la verdad, incluso si eso significaba enfrentarse a sus propios demonios.

Capítulo 8
Un tío como observador

Akuar Adonov se hizo a un lado, observando atentamente la vida fluir en Eva 3. Cada movimiento, cada interacción en el pueblo le parecía lleno de significado, y la angustia de su sobrina le preocupaba cada vez más. Aiah siempre había sido un motivo de orgullo para él, una estrella brillante en su familia, pero ahora parecía perdida en una oscuridad que no podía ignorar.

Recordó la risa de Aiah, su voz suave y su forma de ver el mundo con ojos esperanzados. Estos recuerdos lo atormentaban ahora, nublando sus pensamientos. **Él sabía que algo andaba mal, algo que ella escondía detrás de su frágil sonrisa.** Los hombres en la fiesta, los aplausos, las risas, todo le parecía hipócrita y hueco, como si el pueblo -incluso apartara la vista- ante una verdad inaceptable.

Una noche, mientras regresaba a casa después de un día de trabajo, Akouar escuchó una conversación entre dos hombres en la esquina de la calle. Hablaron de Ackeli, la famosa cantante, con admiración y respeto. "Este tipo tiene el mundo a sus pies", dijo uno de ellos. "Él no puede hacer nada malo, ¿verdad?" »

Estas palabras provocaron una profunda ira en Akouar. Para ellos, Ackeli era una estrella, pero para Aïah era una pesadilla. Se había prometido a sí mismo que no se quedaría de brazos cruzados mientras su sobrina sufría. La decisión de hablar se hizo cada vez más apremiante.

Al día siguiente, Akouar encontró tiempo para ir a la casa de Aïah. Llamó a su puerta con el corazón acelerado, esperando que ese encuentro le permitiera comprender lo que estaba pasando. Cuando Aiah la abrió, inmediatamente notó el cansancio en su rostro. Sus ojos, normalmente tan brillantes, estaban apagados, marcados por noches de insomnio.

"Hola, Ayah", dijo, tratando de ocultar su preocupación. "¿Puedo entrar?" »
Ella asintió lentamente y se movió para dejarlo pasar. Una vez dentro, Akouar observó el ambiente: la habitación estaba a oscuras, con las cortinas corridas, y el pesado silencio sólo era roto por el sonido de su propia respiración.
"Pareces preocupado", comenzó con cautela. "¿Está todo bien?" »
Aiah miró hacia abajo, con el corazón acelerado. Sabía que no podía ocultarle su dolor a su tío. Él siempre había estado ahí, un pilar en su vida, pero el miedo al juicio la paralizó.
"Es solo que... me siento cansada", susurró, pero Akouar sabía que eso no era todo.
"Puedes hablar conmigo, Aiah. Estoy aquí para ti. No te dejaré solo en esta situación. »
Las palabras de Akouar sonaron como una promesa, pero se sintió atrapada en sus propias emociones. Ella quería compartir su carga, pero la vergüenza era una cadena que le impedía hablar.
"Yo... no sé cómo empezar", admitió finalmente, con lágrimas brotando de sus ojos.
Akouar se acercó a ella y le puso una mano reconfortante en el hombro. "No tienes que sentirte solo. A veces, hablar puede ser un alivio. Estoy aquí para escucharte. »
La calidez de su mano la consoló por un momento y Aiah respiró hondo. **Sabía que tenía que liberarse de ese peso, pero el miedo a la reacción de Akouar la asustó.** Cerró los ojos por un momento y luego se lanzó. "Sabes, yo... siempre he admirado tu coraje, tío Akouar. Pero a veces me siento tan perdido. »
Akouar, atento, lo animó con un movimiento de cabeza. "Entiendo. La vida puede ser compleja y a veces es normal sentirse perdido. Pero sepan que estoy aquí y los apoyaré pase lo que pase. »
Las lágrimas de Aiah comenzaron a fluir. Quería decírselo, pero las palabras se le atragantaron en la garganta. **Y entonces, el miedo

regresó, el miedo de perder todo lo que tenía, el miedo de ver a su tío sufrir por su culpa.**

"Yo... no puedo hablar de eso", dijo finalmente, con la voz quebrada. Akouar sintió un dolor agudo en el corazón. **Sabía que algo terrible le había sucedido a su sobrina y estaba decidido a comprenderlo, pero también respetaba su necesidad de silencio.** "Está bien, Ayah. Tome su tiempo. No te obligaré a hablar. Sólo recuerda, estoy aquí. Y si alguna vez quieres compartir, te escucharé sin juzgarte. »

Ella le sonrió débilmente, agradecida por su comprensión. Esta promesa de apoyo era un rayo de esperanza en su oscuridad, pero el peso de su secreto seguía pesando sobre sus hombros.

Cuando Akouar salió de la casa, una nueva determinación se apoderó de él. Tenía la intención de velar por Aiah, para asegurarse de que ya no sufriera en silencio. Él sería su observador, su protector y, si fuera necesario, se convertiría en su defensor contra las sombras de Gomorra.

Akouar sabía que llegaría el momento en que Aïah estaría lista para afrontar la verdad y él estaría allí para ayudarla a recuperarse. En este mundo de placer y decadencia, tenía que asegurarse de que la voz de su sobrina no quedara ahogada.

- **Presentación de Akouar y su punto de vista.**

Akouar Adonov era un hombre de principios, respetado por su familia y temido por sus enemigos. Político local y opositor al régimen de Ackeli, había dedicado su vida a defender la justicia y luchar contra la injusticia, pero esa noche su fe en sus ideales se puso a prueba. Lo que había visto había tenido un efecto profundo en él, y cada imagen resonaba en su mente como un eco doloroso.

Se paró en el escenario de la fiesta, con una copa de vino en la mano, observando a la multitud. La música estaba en pleno apogeo y las risas llenaban el aire, pero su mirada estaba dirigida hacia las sombras, hacia un rincón de la fiesta donde la luz no podía llegar. Aiah, su preciosa sobrina, estaba allí, sola y vulnerable. Y allí, en la oscuridad, Ackeli Hicha, la estrella en ascenso de la música, se acercó a ella con una intención que Akouar ya adivinaba.

Con gran pesar, Akouar recordó el momento en que sacó su teléfono. Había actuado instintivamente, convencido de que su papel de protector le exigía captar la verdad. Pero al presionar el botón de grabar, había cruzado una línea. La cámara había sido testigo de un crimen atroz y él se había convertido, a su pesar, en testigo del horror. Las imágenes quedaron grabadas en su memoria, una pesadilla que volvía para atormentarlo en cada momento de soledad.

Los conflictos internos de Akouar fueron devastadores. Sabía que debería haber intervenido, gritado, hecho algo. Pero el miedo y la incertidumbre lo habían congelado. ¿Qué podría haber pasado si hubiera interrumpido este momento? ¿Habría puesto a Aïah en mayor peligro? Luchaba contra la vergüenza de haber sido un simple espectador, de no haber actuado.

Siempre había abogado por la necesidad de defender a los más débiles y, sin embargo, esa noche en la que debería haber protegido a su sobrina, se había limitado a observar. Los reproches que se hacía a sí mismo sonaban como latigazos en su mente. ¿Cómo podía considerarse un hombre de principios cuando había dejado que el horror se desarrollara ante sus ojos sin tomar medidas?

Pero también había una parte de él que creía que la película era protección. Documentar la verdad significaba hacer un seguimiento de lo sucedido. Quizás, de alguna manera, podría utilizar estas imágenes para exponer la realidad a quienes no querían verla. Quitarle la máscara a Ackeli y mostrarle al mundo el verdadero rostro de quien fue adorado.

Sin embargo, cada vez que recordaba la escena, el rostro de Aiah, lleno de terror y confusión, lo perseguía. **Sabía que la imagen de su sobrina, tan pura e inocente, quedaría manchada para siempre por lo que había capturado.** ¿Podría realmente enfrentarse a su familia, a su comunidad, después de haber presenciado un silencio de horror?

Akouar estaba decidido a actuar, pero también tenía que encontrar una manera de proteger a Aïah. Quería liberarla de ese dolor, pero al mismo tiempo sabía que para hacerlo tendría que enfrentar la ira de un hombre poderoso, un hombre que el mundo admiraba. La decisión de apelar a la verdad por cualquier medio chocó con su miedo a la pérdida, a la violencia. La lucha entre el deber y el deseo de proteger a Aiah se posó como un peso sobre sus hombros.

"No dejaré que Ackeli se salga con la suya", susurró para sí mismo, con la voz llena de determinación. **Era el momento de hacer oír la voz de Aia, de revelar la verdad y de poner fin a la impunidad que reinaba en esta ciudad.

Akouar sabía que tenía que reunir coraje y afrontar la situación. **No podía quedarse atrás por más tiempo.** El silencio ya no era una opción. Tendría que elegir un bando y comenzaría la lucha por la justicia.

- **Sus conflictos internos por lo que vio.**

Akouar, escondido de las festividades, observa con horror lo que sucede entre Ackeli y Aïah. Cada segundo que pasa parece prolongar su agonía interior. Ve la inocencia de Aïah destrozada bajo la brutalidad de Ackeli, y una ira consumidora comienza a hervir dentro de él. Pero esta ira es rápidamente ahogada por una ola de confusión y miedo. ¿Qué hacer? ¿Cómo reaccionar ante semejante injusticia sin provocar un escándalo en el pueblo? Su corazón está cargado de dolor, pero también de dudas. Akouar lucha contra emociones encontradas: es el protector de su sobrina, pero también sabe que revelar lo que vio podría hundir a su familia en el caos.

Cada latido de su corazón es un recordatorio de su responsabilidad, pero cada mirada a Aiah lo paraliza de angustia. Si esto se hace público, ¿qué pasará con la reputación de Aïah? ¿Cómo será percibida por el pueblo, por su familia e incluso por ella misma? No quiere verla estigmatizada, pero también sabe que no puede permanecer inactivo. El peso de su conciencia se vuelve casi insoportable. Sabe que lo que ha visto no puede ignorarse, pero el miedo a las repercusiones, tanto para Aiah como para él mismo, lo sumerge en un tortuoso dilema moral.

- **La decisión de filmar la escena.**

Mientras lucha con estas tumultuosas emociones, surge una idea, casi instintiva. Akouar saca lentamente su teléfono. Su mente está confundida, pero una certeza comienza a formarse dentro de él: la verdad debe ser expuesta. Entiende que, sin pruebas, las acusaciones contra Ackeli podrían descartarse como meros rumores. Pero filmar este infame acto... ¿es la elección correcta? Captar esta escena en vídeo parece casi abyecto, como si de alguna manera participara en la deshumanización de Aïah. Sin embargo, sabe que no puede permanecer en silencio ante semejante injusticia.

Con manos temblorosas, duda un momento más. Al filmar, no sólo sella el destino de Ackeli, sino también el de Aïah. El vídeo, una vez revelado, podría ser un arma poderosa para buscar justicia, pero también podría exponer a su sobrina a la humillación pública. Sin embargo, algo dentro de él se niega a permitir que Ackeli se salga con la suya. Su conciencia, su sentido de la justicia, finalmente prevalecen sobre sus dudas. Presiona el botón de grabación, capturando el horror que se desarrolla ante sus ojos. Esta decisión marca un punto de inflexión irreversible, un acto a la vez de protección y de rebelión contra el silencio impuesto por el miedo.

Parte IV: Revelación y Revuelta
Capítulo 9.
El gatillo - Akouar decide revelar la verdad

Los días pasaron, pero para Akouar Adonov, tío de Aïah y figura influyente en el pueblo de Eva 3, la verdad se había convertido en un peso cada vez más insoportable. Lo que había visto esa noche en la fiesta seguía atormentándolo, un recuerdo ardiente de injusticia y brutalidad que consumía su mente a cada momento.

Akouar no era un hombre que tomara decisiones a la ligera. Su vida había estado marcada por luchas contra la corrupción y la injusticia. Ex feroz oponente político, había luchado durante mucho tiempo contra los excesos del gobierno y las élites que controlaban Gomorra. Sin embargo, lo que había visto esa noche en las sombras de las festividades no tenía nada que ver con política. Fue un ataque personal, cruel y profundo, contra su propia sobrina, una mujer a la que siempre había protegido y amado como a su propia hija.

Él había estado allí. Había visto todo. Cuando vio a Ackeli acercarse a Aiah esa noche, sintió una oleada de inquietud. Pero nunca imaginó lo que sucedería después. Sólo cuando vio el rostro de Aiah distorsionado por el terror y la resistencia impotente comprendió el horror de la situación. Había capturado la escena con su teléfono, incapaz de apartar la mirada, incapaz de apartar la lente de esta tragedia silenciosa.

Desde entonces, Akouar ha estado plagado de dilemas morales. ¿Qué hacer con este vídeo? ¿Debería exponerlo para castigar a Ackeli, este hombre adorado, o guardar silencio para proteger la dignidad de su sobrina y evitar un escándalo que podría destruir a su familia?

En los días siguientes se enfrentó a esta cuestión. La imagen de Aïah, destrozada, rondaba sus noches. El rostro sonriente de su sobrina, alguna vez brillante, parecía haberse desvanecido. Caminó por el pueblo, fantasmal, ocultando su dolor detrás de sonrisas forzadas y miradas furtivas. Vio cuánto sufría en silencio, pero nunca acudió a él para hablarle de lo sucedido. Ella llevaba sola su carga, que desgarró a Akouar desde dentro.

Detrás de escena de esta tragedia personal, Ackeli continuó su vida como si nada hubiera pasado. El popular cantante estaba en todas partes: en las pantallas, en la radio, en las conversaciones de las jóvenes fascinadas por su encanto y su celebridad. Gozaba de una admiración inquebrantable y esto alimentó aún más la ira de Akouar. El hecho de que un hombre tan vil pudiera seguir seduciendo y manipulando multitudes lo enfurecía.

El dilema moral de Akouar lo estaba carcomiendo. Revelar la verdad podría liberar a Aiah de su carga, pero ¿a qué precio? La vergüenza pública, el escándalo, las repercusiones políticas y sociales... todo ello pesaba mucho sobre sus hombros. Sin embargo, cada vez que pasaba junto a Aiah y veía el dolor en sus ojos, la decisión se hacía más clara.

Una noche, sentado solo en su pequeña casa de campo, Akouar se levantó decidido. Cogió su teléfono, con las manos temblorosas, y miró el vídeo. El rostro de Aiah, congelado por el terror, apareció en la pantalla, seguido de la imagen de Ackeli, con su cruel sonrisa iluminada por las luces de la fiesta. Éste fue el momento decisivo. Akouar ya no podía guardárselo para sí mismo. Tenía que hablar, no sólo por Aiah, sino también por todos aquellos que quizás habían sufrido en silencio bajo el abuso de poder de hombres como Ackeli.

Al día siguiente, Akouar tomó una decisión irrevocable. Iría a la fiesta de Nochevieja en Gomorra, donde actuaría Ackeli, y lo revelaría todo. No se contentaría con unas pocas palabras acusatorias. Mostraría el vídeo, directa y públicamente, delante de toda la multitud. Sabía que el impacto sería devastador, pero no había vuelta atrás. Había decidido llevar esta carga, correr este riesgo para que se hiciera justicia.

La fiesta se acercaba y Akouar se preparaba para lo que sería una noche decisiva. Sabía que estaba asumiendo un riesgo enorme, pero creía firmemente que la verdad tenía que salir a la luz, incluso si le costaba caro a su propia familia. El silencio ya no se podía tolerar.

- **La tensión creciente durante la fiesta - Su enfrentamiento con la multitud**

La noche de la fiesta de Nochevieja se acercaba rápidamente. Todo el pueblo estaba alborotado y Gomorra se había vestido con sus mejores galas para la ocasión. Las calles estaban abarrotadas, iluminadas por luces parpadeantes, mientras la vibrante música de los últimos éxitos de Ackeli resonaba en el aire. Todos esperaban con impaciencia la actuación del cantante, la estrella que marcó el año con sus éxitos y sus conciertos salvajes.

Para muchos, Ackeli Hicha encarnaba la modernidad y la libertad de Gomorra. Representaba la cara seductora del placer desenfrenado que ofrecía la ciudad, un encanto hechizante que admiraban las niñas y los niños. Esa noche, el escenario principal, instalado en el corazón de la ciudad, brilló como un faro en la oscuridad, y la multitud comenzó a reunirse a su alrededor, lista para celebrar el Año Nuevo.

Pero entre las sombras, Akuar Adonov caminaba solo. Su paso era pesado y su rostro tenso por la determinación. Sabía que lo que estaba a punto de hacer cambiaría todo. Su sobrina, Aïah, se había quedado en el pueblo, sin saber lo que se avecinaba. El secreto que había guardado, el sufrimiento silencioso que llevaba, pronto saldría a la luz. Akouar sintió que su corazón latía salvajemente, pero ya no podía volver atrás.

La tensión crecía a cada paso que daba hacia el escenario, rodeado por un mar de caras felices y emocionadas. Las risas, los gritos y la música parecían asfixiarlo, como si toda esta alegría despreocupada contrastara cruelmente con la oscura carga que llevaba. Akouar miró a estas jóvenes que, como antes Aïah, tenían los ojos brillantes de admiración por Ackeli, sin saber lo que esta última había hecho realmente.

El tiempo pasó rápidamente y Ackeli finalmente subió al escenario entre aplausos atronadores de la multitud. Su cabello brillaba bajo los focos y su deslumbrante sonrisa fascinaba a todos los que la miraban. Parecía invencible, y su carisma, palpable en el aire, captó la atención de todos los espectadores. Sonaron las primeras notas musicales y el concierto comenzó con una energía explosiva.

Pero en medio de esta emoción, Akouar sólo tenía un objetivo en mente: revelar la verdad.

Mientras la música estaba en pleno apogeo y las voces se mezclaban en cánticos entusiastas, Akouar avanzó resueltamente hacia el escenario. Se abrió paso entre la multitud, con el corazón acelerado y las manos agarrando el teléfono, donde el vídeo estaba esperando para reproducirse. Cada paso hacia el frente del escenario fue una lucha interior. Sintió el peso de los ojos a su alrededor, el peso del secreto que estaba a punto de revelar.

Finalmente, llegó cerca de la plataforma. La multitud que lo rodeaba seguía bailando, despreocupada. Pero Akouar sabía que en unos momentos todo cambiaría.

Se dirigió hacia el DJ y le susurró algunas palabras al oído, palabras que prometían convertir la fiesta en una escena de verdad brutal. El DJ, al principio sorprendido, vaciló, pero Akouar insistió con voz inflexible. Le mostró el video en su teléfono y la expresión del DJ cambió por completo. Inmediatamente comprendió la gravedad de la situación y, tras un momento de visible pánico, finalmente obedeció.

La música se detuvo de repente. Un silencio sorprendente y pesado reinó en la plaza, la multitud congelada por la incomprensión. Ackeli, en el centro del escenario, miró a su alrededor, sorprendido y algo irritado por esta interrupción inesperada. Frunció el ceño, tratando de entender lo que estaba pasando.

Entonces, Akouar subió al escenario. Los murmullos comenzaron a extenderse entre la multitud cuando los ojos se volvieron hacia el hombre que muchos conocían como un ex oponente político. Pero esta noche no era de política de lo que iba a hablar. No, lo que tenía que decir era mucho más personal y devastador.

"Estamos aquí para celebrar, es verdad", comenzó Akouar, su voz alta y clara, resonando en el espacio ahora silencioso. "Pero antes de continuar con esta fiesta, debo mostrarles la verdad, una verdad que muchos de ustedes desconocen.»

La gente se miraba perpleja, algunos ya preocupados. El carisma de Ackeli pareció flaquear cuando se dio cuenta de que algo inesperado estaba sucediendo. Intentó sonreír, recuperar el control de la situación, pero había algo en la actitud de Akouar que no auguraba nada bueno.

"Estoy hablando de un hombre que abusó de su posición, su poder y su influencia", continuó Akouar. "Un hombre al que animas esta noche, pero que esconde una oscuridad que no puedes imaginar. Este hombre es Ackeli Hicha.»

Un murmullo de sorpresa recorrió la multitud. Las sonrisas se desvanecieron, reemplazadas por miradas confusas y preocupadas. Ackeli, en el escenario, se cruzó de brazos, tratando de mantener la calma, pero el nerviosismo ahora era visible en su rostro.

"Tengo pruebas de lo que estoy diciendo", añadió Akouar, sosteniendo su teléfono hacia la pantalla gigante detrás del escenario. El DJ conectó el dispositivo y el vídeo comenzó a reproducirse.

Aparecieron las primeras imágenes, oscuras y confusas, que mostraban la fiesta de Navidad, luego la escena se aclaró, revelando a Ackeli y Aiah en un rincón oscuro. La tensión en la multitud alcanzó un punto álgido cuando los espectadores petrificados se dieron cuenta de lo que estaban viendo.

Ackeli, por su parte, se puso furioso. Intentó avanzar hacia Akouar, para impedirle continuar, pero ya era demasiado tarde. La verdad se mostró a la vista, visible para todos. Un silencio plomizo reinó en la plaza, un silencio cargado de conmoción, dolor y traición.

Capítulo 10
El vídeo revelado

Cuando la pantalla gigante se iluminó, un escalofrío recorrió la multitud. Las primeras imágenes parecían mundanas, sólo un fragmento de la celebración navideña. Pero rápidamente la atmósfera cambió. Los murmullos de curiosidad se convirtieron en un silencio opresivo, como si todos tuvieran el presentimiento de que lo que estaban a punto de ver cambiaría la velada, y mucho más.

Los ojos se congelaron en la pantalla. La cámara, aunque temblorosa, mostró claramente a Ackeli en un rincón oscuro, charlando con Aiah. El intercambio parecía normal al principio, pero quienes observaron de cerca pudieron sentir la preocupación en los gestos de Aïah, su sutil intento de retroceder, de distanciarse del artista.

Ackeli, por otro lado, parecía imperturbable. Su postura era dominante y su rostro, incluso en las sombras, destilaba cierta seguridad mezclada con insistencia. Estaba murmurando palabras, palabras demasiado bajas para ser captadas por la cámara, pero la intención era clara. No sólo estaba tratando de seducir. Quería más y no tenía intención de esperar el consentimiento.

El público, cautivado, miraba sin decir palabra. Los segundos transcurrieron y la inquietud se hizo palpable. Algunos miraron hacia otro lado, como si sintieran la tragedia que estaba a punto de seguir, pero no pudieran evitar verla.

Entonces, de repente, Ackeli agarró a Aïah del brazo. El público se quedó sin aliento, conmocionado por esta violencia repentina. La joven intentó liberarse, pero el cantante apretó con más fuerza y su rostro se contrajo con una oscura determinación. La cámara siguió la escena con asombrosa precisión, filmada desde lejos pero lo suficientemente cerca como para capturar cada detalle, cada expresión.

Aiah intentó hablar, moviendo rápidamente los labios, pero sus palabras fueron ahogadas por la música de fondo de la fiesta, por los gritos de alegría de la gente que los rodeaba, ajenos al drama que se desarrollaba en la periferia de su felicidad. Su rostro estaba marcado por el miedo, un miedo desgarrador, pero luchó en silencio, sin gritar, como si supiera que nadie vendría, como si su silencio fuera su única defensa.

La escena continuó, implacable e imparable. Ackeli, con un gesto brutal, la empujó contra una pared, lejos de la mirada directa de los demás invitados. El público, en realidad, miraba con los ojos muy abiertos, como congelado en un trance de horror. La violencia del acto se hizo evidente y surgieron los primeros murmullos de sorpresa.

Pero el vídeo continuó. Las imágenes hablaron por sí solas. La resistencia de Aïah, su terror palpable y la fuerza opresiva de Ackeli, su rostro rígido y sin emociones. No fue un acto de pasión. Fue un acto de poder, de posesión, de brutalidad. Cada segundo aumentaba el horror.

Finalmente, el vídeo se cortó abruptamente, dando paso a una pantalla negra, y la realidad golpeó con una violencia increíble. La multitud estaba congelada. El silencio en el aire era casi ensordecedor. Nadie sabía qué decir, qué pensar. Lo que acababan de ver era impensable, especialmente viniendo de la estrella que todos adoraban.

Los ojos se volvieron lentamente hacia Ackeli, todavía en el escenario, pero esta vez, no había más luz que lo magnificara, ni más música para realzar su encanto. Estaba desnudo, expuesto, no físicamente, sino en su culpa, en la brutalidad de sus acciones.

Ackeli se quedó quieto durante unos segundos, sus ojos buscando frenéticamente una salida, un escape. La máscara del hombre carismático había desaparecido, dando paso a un rostro distorsionado por el pánico y la confusión. Abrió la boca para hablar, tal vez para defenderse, pero no salió ningún sonido. La multitud sólo esperaba una cosa: una explicación. Pero Ackeli no estaba de acuerdo.

Entonces se levantó la primera voz. Una mujer entre la multitud murmuró palabras de disgusto. "Monstruo", fue la palabra que rompió el silencio. Luego se añadió otro, y otro. La ira comenzó a retumbar, silenciosamente al principio, pero rápidamente creció en intensidad. Ya no era simplemente shock, sino indignación, furia colectiva contra aquel que habían aclamado durante tanto tiempo.

Akouar permaneció en el escenario, mirando a Ackeli. No necesitaba decir una palabra más. Todo fue dicho, la verdad fue revelada. Había cumplido su papel de vigilante y ahora dejaba a la comunidad enfrentarse a esta terrible realidad.

Ackeli, atrapada, dio un paso atrás, buscando una salida, un escape, pero no había ninguno. No estaba rodeado físicamente, sino por la enormidad de sus acciones reveladas. Y en ese momento, el carisma, la fama, todo lo que había construido se derrumbó, dejando a un hombre solo para enfrentar la brutal verdad.

- **Transmitiendo el vídeo en el pueblo.**

El día después de la fiesta, Gomorra se despertó bajo el peso de una verdad demasiado pesada para soportarla. El vídeo de la violación de Aïah circulaba ahora por todo el pueblo, reproducido y compartido por decenas de teléfonos, y cada hogar era testigo de lo indescriptible. Lo que empezó como una velada festiva se convirtió en una pesadilla colectiva.

Las calles de Eva 3, que alguna vez estuvieron llenas de risas y discusiones joviales, estaban inquietantemente silenciosas. Todos habían visto u oído hablar del vídeo. Ya no se podía ignorar lo sucedido entre Aïah y Ackeli, y la difusión del vídeo amplificó la tensión en todo el pueblo. Las miradas eran furtivas, cargadas de culpa, vergüenza o ira.

En cada casa las reacciones fueron diferentes. Algunos todavía no podían creer lo que vieron. ¿Cómo podría un hombre tan adorado como Ackeli, el ícono innegable de la escena musical, ser culpable de un acto tan atroz? Otros, especialmente las mujeres del pueblo, se sintieron aterrorizados de que algo así le pudiera haber sucedido a uno de los suyos, en un lugar supuestamente seguro.

La conmoción inicial fue rápidamente reemplazada por rumores y juicios. Las discusiones en los mercados fueron nerviosas, y todos intentaban entender lo que realmente sucedió, compartiendo sus opiniones o inventando detalles para llenar los vacíos de la historia. Pero todos estuvieron de acuerdo en un punto: Gomorra nunca volvería a ser la misma.

En algunos hogares, los padres explicaban a sus hijas lo que esto significaba, advirtiéndoles de los peligros que se ocultaban bajo el barniz de la fama y la seducción. Las madres abrazaban a sus hijos, horrorizadas de que esto le pudiera pasar a uno de los suyos. Pero también hubo quienes, por vergüenza o por miedo a represalias, optaron por guardar silencio, negándose a abordar la cuestión directamente.

El nombre de Aïah estaba en boca de todos. Algunos se compadecieron de ella, viendo en ella a la víctima de una tragedia que le podría haber sucedido a cualquiera. Otros, menos empáticos, se atrevieron a juzgarla, susurrando que tal vez había buscado esa atención estando cerca de alguien como Ackeli. Esta dualidad de opiniones, entre empatía y culpa, solo aumentó el dolor que soportaba.

Los amigos y familiares de Aïah se sintieron sumidos en una profunda inquietud. Jusuf, su padre, aún no había visto el vídeo. Le habían aconsejado que no lo viera, pero los rumores no se le escaparon. Podía sentir las miradas compasivas de los aldeanos, su silencio cargado de insinuaciones cuando pasó junto a ellos. La idea de que su hija pudiera haber estado involucrada en tal horror lo enfermaba, pero no sabía cómo abordarlo, cómo hablar con ella al respecto. Su relación con ella, ya debilitada por lo no dicho, se derrumbaba cada día un poco más bajo el peso de esta verdad.

Durante este tiempo, Akouar se convirtió en el hombre del que más se hablaba en el pueblo. Algunos lo vieron como un héroe, un justiciero valiente que se atrevió a sacar la verdad a la luz pública, rompiendo el silencio en torno a Ackeli. Otros lo consideraban un traidor, alguien que expuso una tragedia privada para promover sus propios objetivos políticos. Pero una cosa era segura: su acción había alterado el equilibrio social de Gomorra.

La difusión del vídeo no se detuvo en el pueblo. Rápidamente llegó a la ciudad principal y pronto los periodistas comenzaron a interesarse por el caso. Las cadenas locales, atraídas por el escándalo, enviaron reporteros para cubrir la noticia. El asunto adquirió escala nacional, exponiendo aún más a Aïah y su familia al centro de atención. Pero para ella, el dolor era sobre todo personal, íntimo, y la cobertura mediática de su terrible experiencia no hizo más que intensificar su angustia.

En su aislamiento, Aïah, devastada por la humillación, ya no se atrevía a salir. Cada vibración de su teléfono era como una puñalada, un recordatorio de que el mundo entero ahora conocía su secreto. Se sintió perseguida, no sólo por Ackeli, sino por la sociedad en su conjunto, que había visto lo que nunca debería haber sido expuesto. La vergüenza, la ira y el desamparo la consumían y, sin embargo, se encerraba en el silencio, sin saber cómo expresar el abismo de su desesperación.

Los días siguientes fueron un torbellino de especulaciones. Eso fue de lo único que hablamos en Gomorra. Las autoridades se vieron obligadas a abrir una investigación y Ackeli ahora está bajo vigilancia, aunque aún no ha sido arrestado. El ambiente era eléctrico y todos esperaban con impaciencia el siguiente paso, una justicia que aún se esperaba.

Pero para Aïah la justicia no reside en la represión o el castigo. No pudo evitar darse cuenta de que su vida había cambiado para siempre. Todavía no sabía cómo, pero sabía que la paz que buscaba, ese pueblo tranquilo donde había crecido, ahora le era negado.

- **Reacciones de la multitud e impacto en Aïah**

La difusión del vídeo provocó de inmediato un terremoto dentro de la comunidad de Gomorra. La multitud, que inicialmente había acogido la fiesta con entusiasmo y ligereza, quedó sumida en un estado de shock colectivo, paralizada por el horror de las imágenes que aparecían en la pantalla gigante. Los murmullos se convirtieron en gritos de indignación, mientras algunos, incapaces de soportar la brutalidad de la escena, miraban hacia otro lado con el rostro lleno de incredulidad y disgusto.

Las primeras reacciones fueron caóticas. En los primeros segundos después de la difusión del vídeo, la fiesta se quedó congelada en un silencio helado. Los cuerpos, alguna vez animados por la música, se pusieron rígidos como petrificados por la gravedad de la situación. Luego, como si se hubiera dado una señal invisible, la multitud comenzó a moverse, cada uno reaccionando de manera diferente a lo que acababan de ver.

Algunos, especialmente las mujeres, lloraron con ganas, sintiéndose solidarios con el dolor de Aïah. Varias de ellas ya habían sentido, en diversos grados, la amenaza del poder masculino en esta sociedad permisiva. Para ellos, el vídeo representaba no sólo un ataque a una joven inocente, sino también una manifestación brutal del abuso oculto bajo la superficie de la vida en Gomorra. La conmoción que sintieron se hizo eco de experiencias que a menudo habían mantenido en silencio.

Otros, en un estallido de indignación, se apresuraron a pedir justicia. Ya no querían que se glorificara el nombre de Ackeli. Los hombres, antiguos amigos o admiradores del cantante, rápidamente se separaron de él, no queriendo verse asociados a la ignominia de tal acto. Los gritos enojados comenzaron a elevarse:

"¿Cómo pudimos permitir que esto sucediera?»

"¡Debe pagar por lo que hizo!"»

Pero también hubo una parte de la población que permaneció en un segundo plano, prefiriendo observar en silencio acusatorio. Algunos todavía susurraban que la verdad debía ser más compleja, que tal vez Aïah había desempeñado un papel en esta tragedia, que nunca debería haberse encontrado a solas con un hombre como Ackeli. Estos traicioneros susurros atestiguaban la complejidad social de Gomorra, donde la víctima fácilmente podía convertirse en blanco de dudas infundadas.

Para Aïah, sin embargo, el impacto de esta transmisión fue devastador. Aunque no estaba físicamente presente en medio de la multitud, sentía el peso de las miradas sobre ella, como si cada persona con la que pasaba hubiera visto lo sucedido. Se había convertido en el tema de todas las discusiones y su vida privada, una vez preservada, había sido arrancada a plena luz del día.

Aislada en casa, esperaba que su tío, Akouar, pudiera ayudarla a superar esta dura prueba en silencio, pero él había elegido otro camino. Al exponer la verdad a todos, la había convertido no sólo en una víctima, sino también en un símbolo público de la decadencia de Gomorra. Ya no podía escapar de la realidad de su asalto y el peso de esta nueva visibilidad la consumía.

Las emociones de Aïah oscilaban entre la ira y la resignación. Sintió una inmensa furia ante la idea de que su tragedia privada se hubiera convertido en una especie de espectáculo para la comunidad, pero no sabía cómo expresar esa ira. La vergüenza la paralizó, un sentimiento insidioso que la hizo encerrarse aún más en sí misma.

En sus pensamientos más oscuros, se preguntaba si debería haber luchado más duro, si podría haber evitado esto, pero en el fondo sabía que esos pensamientos eran sólo reflejos de una culpa fuera de lugar. Lo que había experimentado no fue en modo alguno culpa suya, pero la forma en que la sociedad lo veía la hizo cuestionar su propia responsabilidad, un sentimiento que luchó por superar.

El apoyo de su familia, aunque presente, no fue suficiente para sacarla de esta espiral de autodenigración. Su padre, Jusuf, la miraba con infinita tristeza, pero él mismo estaba angustiado. No sabía cómo hablar con su hija, cómo abordar este trauma sin lastimarla más. Su relación, que alguna vez se basó en una protección tácita, ahora estaba plagada de palabras no dichas y silencios pesados. Jusuf quería protegerla, pero ¿cómo se puede proteger a alguien de lo invisible, del impacto psicológico de lo que ya había sucedido?

Aïah, por su parte, se sintió atrapada en un dilema insoluble. ¿Debería luchar por su dignidad y justicia, o debería hacerse a un lado para evitar una mayor exposición? Todos los días se despertaba con esta pregunta, sin poder encontrar una salida.

- **La deshumanización de Ackeli**

A medida que las imágenes del vídeo penetraron en la conciencia colectiva de la aldea, el estatus de Ackeli comenzó a desmoronarse. El hombre otrora adorado, carismático y seductor, se fue transformando poco a poco, a los ojos de todos, en un ser frío e inhumano. El vídeo implacable mostraba a un Ackeli sin alma, despojado de la más mínima pizca de remordimiento o humanidad. Cada segundo de esta brutal escena lo acercaba a una caída inexorable.

Los murmullos de la multitud se convirtieron en gritos de odio. Quienes antes lo admiraban comenzaron a negar todo lo que representaba. La encantadora sonrisa que tantas veces había exhibido, esa mirada seductora que había conquistado tantos corazones, ahora se convirtieron en máscaras grotescas de un hombre corrompido por el poder y el deseo. Ackeli, el icono, se había convertido en Ackeli el monstruo.

Su nombre, que alguna vez fue sinónimo de prestigio en el mundo de la música, se vio mancillado por el horror de sus acciones. No era más que una señal de deshonra, un símbolo de la decadencia moral que reinaba en Gomorra. Los lugareños ahora lo veían como un depredador, un hombre que había usado su influencia para manipular, traicionar y destruir vidas inocentes.

Para Ackeli, sin embargo, el peso de la revelación no lo golpeó como esperaba. Su ego, excesivo y alimentado por años de adulación, se negó a admitir el alcance de su culpa. En lugar de sentir vergüenza o culpa, se vio a sí mismo como víctima de una conspiración orquestada por Akouar, un hombre celoso de su éxito. A sus ojos, este vídeo era sólo un intento de empañar su imagen, un ataque personal destinado a destruir lo que había construido. Su visión del mundo estaba tan distorsionada por su narcisismo que ni siquiera podía comprender el horror de lo que había hecho.

La deshumanización de Ackeli se intensificó a medida que su comportamiento se volvió cada vez más errático. Acorralado, empezó a proferir amenazas. Desafió abiertamente a quienes cuestionaban su estatus, gritando con una mezcla de rabia y desesperación. Su sonrisa, antes seductora, se convirtió en una mueca aterradora, reflejando el abismo en el que se hundía. Sus palabras ya no estaban impregnadas de encanto, sino de una violencia sorda que helaba la sangre de quienes lo escuchaban.

"¡No sabes lo que estás haciendo!" » gritó a la multitud, con los ojos muy abiertos por la ira. "¡Todos ustedes se arrepentirán de esto!" ¡Soy Ackeli Hicha! ¡No tienes idea de lo que soy capaz! »

Pero sus palabras resonaron en el vacío, porque ya nadie creía en él. Los corazones se habían cerrado y él era una sombra de sí mismo, un hombre perdido en sus propias ilusiones de grandeza. La multitud vio ahora el animal en el que se había convertido: un depredador perseguido, incapaz de afrontar la verdad.

Su equipo directivo y sus allegados, que alguna vez fueron firmes partidarios de su carrera, estaban empezando a abandonarlo. La soga se apretó a su alrededor y aquellos que lo habían apoyado se alejaron uno tras otro, ya que no querían ser asociados con la caída de un hombre que se había convertido en la encarnación de la corrupción moral.

Incluso en sus interacciones con sus antiguos amigos o colegas, Ackeli ya no era el mismo. Los consideraba a todos enemigos potenciales, traidores potenciales. El hombre de poder, acostumbrado a dominar, ya no sabía gestionar la pérdida de control. Seguía intentando manipular las conversaciones, utilizar su encanto, pero sus esfuerzos eran desesperados, en vano. Su risa sonó falsa y su actitud casual ya no convenció a nadie.

Finalmente, Ackeli se encontró solo. Solo con su ego destrozado, solo con su imagen empañada. La fama que lo había llevado a la cima lo estaba abandonando a su vez, y todo lo que había intentado construir se estaba derrumbando ante él. No era más que un hombre deshumanizado, despojado de todo lo que le convertía en figura pública. El hombre que alguna vez había encarnado la grandeza y la admiración era ahora objeto de desprecio colectivo.

La caída de Ackeli marcó el comienzo de su transformación en paria. Para Gomorra, no era más que una reliquia de un pasado corrupto, una figura que había que destruir para que la ciudad pudiera purificarse de sus propios excesos. Ya no era un hombre, sino un símbolo de todo lo que estaba mal en esta sociedad decadente.

Capítulo 11
La guerra de las palabras

Mientras la multitud seguía cavilando sobre la traición de Ackeli, la tensión en el aire se espesó, creando una atmósfera eléctrica de conflicto latente. La escena de la fiesta, alguna vez llena de risas y música, se había transformado en un campo de batalla verbal. Las palabras, poderosas y agudas, se convirtieron en las armas de esta guerra emocional.

Akouar, en el centro de esta tormenta, se alzó como una voz de verdad. Su discurso, lleno de pasión e indignación, galvanizó a la población, animándola a reflexionar sobre la decadencia moral que azota a Gomorra. Cada palabra que pronunció fue como un martillazo, rompiendo las ilusiones que muchos todavía tenían hacia Ackeli.

"¡Es hora de elegir, amigos míos! » gritó a la multitud, con los ojos brillando de determinación. "¡Elijamos la verdad antes que la ceguera!" ¡Ya no podemos hacer la vista gorda ante lo que está sucediendo delante de nuestras narices! »

Los murmullos de la asamblea se transformaron en gritos de aprobación. Los rostros, que alguna vez fueron admiradores de Ackeli, comenzaron a contraerse con ira colectiva. La gente se miraba unos a otros, compartiendo sus sentimientos de traición y decepción.

"¿Cómo podríamos admirar a un hombre capaz de tales atrocidades? » preguntó una mujer con la voz llena de desesperación. "¡Debemos enfrentarnos a él, por Aïah y por todas las mujeres que sufrieron en silencio! »

Esta pregunta, aunque retórica, actúa como catalizador. Los murmullos se hicieron más fuertes, una ola de ira se levantó contra Ackeli y todos en esta multitud se convirtieron en soldados de la justicia. El poder de las palabras resultó ser una fuerza inconmensurable. Las opiniones cambiaban rápidamente y un sentimiento de revuelta se extendía como la pólvora.

Por otro lado, Ackeli, perdido en su propio mundo de negación, reaccionó ante este creciente descontento con intentos desesperados de contraatacar. Su voz, antes admirada, ahora estaba teñida de una mezcla de rabia y pánico.

"¡Son todo mentiras!» gritó, con la voz quebrada bajo el peso de la emoción. "¡Akouar está intentando destruir mi carrera porque está celoso de mi éxito! ¡No te dejes engañar por sus mentiras!»

Sus palabras fueron como flechas disparadas al viento. La multitud, armada de verdad y convicción, no se debilitó. Al contrario, sus palabras fortalecieron su determinación. Akouar se había convertido en un símbolo de resistencia y su voz era ahora la de la población.

"¡Nos engañaron, pero hoy ya no seremos títeres!"» respondió Akouar, alzando la voz por encima del clamor. "No estamos aquí para escuchar las excusas de un hombre que elude sus responsabilidades. Es hora de levantarse y decir: "¡Basta!".»

El tumulto del partido se había transformado en un escenario de confrontación intelectual. Los gritos y las acusaciones volaban, las verdades salían a la luz y el sentimiento de injusticia crecía como una tormenta a punto de estallar. Las palabras se convirtieron en armas y cada uno buscó llegar al corazón del otro, para despertar una conciencia colectiva.

A medida que continuaba la guerra de palabras, Ackeli se sentía cada vez más aislado. Las personas que había conocido, aquellos que lo habían aplaudido, le dieron la espalda, abandonándolo a su suerte. Cada intento de defensa parecía inútil y la realidad de su situación comenzó a calar en su mente.

"¡Soy un hombre, después de todo!"» imploró, buscando desesperadamente un eco de comprensión. "Cometí errores, pero ¿quién no?»

Sus palabras, aunque llenas de desesperación, ya no encontraron público. La multitud, alguna vez leal, ahora se levantó contra él, blandiendo carteles y coreando consignas de revuelta. "¡Justicia para

Aia! » sonó como un grito de guerra que marcaba la victoria de las palabras sobre el miedo.

La guerra de palabras, con su crueldad y poder, marcó el comienzo de un cambio. Los valores que se habían perdido en el libertinaje de Gomorra comenzaron a emerger de las sombras. La verdad ya no pudo ser ocultada y la exigencia de justicia tomó forma en el corazón de los habitantes.

La festividad, inicialmente un símbolo de diversión y frivolidad, se estaba convirtiendo en un punto de inflexión histórico. Estaba transformando vidas, revelando verdades y redefiniendo lo que significaba ser miembro de la comunidad de Gomorra. Y en medio de esta tormenta, Aïah, aunque todavía presa de sus demonios, comenzó a darse cuenta de que su silencio finalmente se estaba rompiendo.

- **Las reacciones de Ackeli al vídeo.**

Cuando la pantalla gigante se iluminó y las primeras imágenes de la violación de Aiah comenzaron a desplegarse ante los ojos de la multitud, Ackeli sintió que el suelo se deslizaba bajo sus pies. El tumulto de voces que todavía lo animaban unos minutos antes se había calmado. El silencio, pesado y opresivo, invadió el aire. Este silencio le resultaba más aterrador que cualquier insulto o acusación.

Su corazón latía a una velocidad vertiginosa y por una fracción de segundo pensó que estaba en medio de una pesadilla. Le temblaban las manos y tenía los ojos fijos en la pantalla, incapaz de apartar la mirada de la evidencia irrefutable que pasaba ante él. El rostro de Aïah, su cuerpo destrozado, sus lágrimas, todo estaba ahí, expuesto a plena luz del día. El shock lo dejó congelado, como si se hubiera convertido en una estatua de mármol.

"No es... no es posible..." murmuró Ackeli para sí mismo, con la voz temblorosa y su mente buscando desesperadamente una salida.

Estaba rodeado de miradas llenas de desprecio, confusión y enfado. Quienes lo admiraban, quienes lo consideraban un líder carismático, ahora se volvieron contra él, con el rostro contraído por la indignación. El aire estaba cargado de una hostilidad palpable, y Ackeli podía sentir que esta ola de oposición crecía a medida que pasaba cada segundo del video.

En su mente se arremolinaban pensamientos frenéticos. ¿Cómo había llegado allí? ¿Cómo pudo todo lo que había construido colapsar en un instante, por un momento en el que perdió el control? Cada fibra de su ser gritaba traición, conspiración. Era la única explicación que su ego podía aceptar.

"¡Es mentira!" Gritó finalmente, su voz resonó a través del micrófono que todavía sostenía. "¿No ves que esto es manipulación? ¡Akouar inventó todo para destruirme! ¡Me odia!"

Sus palabras se perdieron en el aire, ahogadas por los susurros de la multitud. Miró a su alrededor, buscando aliados entre los rostros familiares, pero todo lo que vio fueron miradas cautelosas, casi sorprendidas por la profundidad de su negación.

"¡Lo juro, no es lo que piensas!" Lo intentó de nuevo, su tono suplicante.

Pero sus palabras sonaron huecas. La imagen proyectada en la pantalla decía todo lo contrario. El vídeo era explícito, brutal. Mostraba a Ackeli en toda su monstruosidad y no podía hacer nada para negarlo. Sus talentos manipuladores, su carisma natural, parecieron abandonarlo cuando más los necesitaba.

Por dentro, Ackeli estaba hirviendo. Estaba acorralado, atrapado como un animal salvaje. Miedo mezclado con rabia, una rabia dirigida contra todo y contra todos: contra Akouar, que lo había delatado; contra Aiah, que lo había desafiado en silencio y cuyo cuerpo destrozado era ahora una prueba condenatoria; y contra esta multitud que lo juzgaba aunque siempre había buscado glorificarlo.

"¡No sabes de lo que estás hablando!" rugió. "¡Todo el mundo comete errores! ¡Soy un humano, no un santo!"

Esta vez la multitud reacciona. Surgieron gritos, voces airadas denunciando su hipocresía.

"¡Esto es más que un simple error, Ackeli!" alguien gritó desde la asamblea.

"¡Destruiste la vida de una mujer inocente!" gritó otro, con los puños cerrados.

Los insultos empezaron a llover. Las palabras se convirtieron en proyectiles invisibles que golpearon a Ackeli por todos lados. El rostro de este último se distorsionó bajo la influencia de la humillación y el miedo. El suelo se estaba cayendo debajo de él y ya no tenía ningún control sobre la situación.

Todo lo que lo había convertido en un hombre poderoso, un cantante querido, se estaba desmoronando. Su fama ya no lo protegía. Ahora estaba reducido a un hombre culpable, un hombre desnudo ante el juicio público. Sus antiguos seguidores se estaban distanciando de él y cada intento de defenderse parecía reforzar la ira de la multitud.

Se volvió hacia quienes lo rodeaban, con la esperanza de encontrar una cara amigable, pero incluso sus asociados más cercanos parecían vacilantes. Sabían que el apoyo público a Ackeli sería un suicidio social.

"Puedo explicar..." intentó decir, pero sus palabras murieron en su garganta. Ya nadie escuchó.

La sensación de aislamiento lo golpeó como un puñal. Estaba solo, abandonado y no había vuelta atrás. Por primera vez en su vida, Ackeli sintió que todo lo que había construido podía destruirse en un instante. Y era más aterrador que cualquiera de los peores temores que podría haber imaginado.

La realidad lo estaba alcanzando, implacable. Y en esta realidad, ya no era el seductor carismático, ni la estrella intocable. No era más que un criminal expuesto a la vista de todos, un hombre destrozado por sus propios pecados.

- **La espiral de la reputación y el poder**

Mientras los gritos de la multitud resonaban en el aire, Ackeli Hicha comprendió que la caída era inevitable. Su reputación, antaño sólida como una roca, se transformó ante sus ojos en un frágil castillo de naipes que se derrumbaba a una velocidad vertiginosa. El vídeo, esa terrible revelación pública, había provocado una onda expansiva para la que no estaba preparado.

El poder, tan estrechamente ligado a su imagen pública, comenzaba a escaparse de sus dedos. Lo sentía, ese poder que lo había elevado al rango de semidiós, este poder que lo había convertido en un hombre adorado, rodeado de fans, influencers y admiradores. Pero este poder no provenía sólo de su talento para el canto; emanaba del aura que había sabido construir: la de un hombre invencible, encantador e inaccesible. Ahora esa imagen estaba hecha añicos.

"¿Cómo llegué aquí?" pensó con ardiente amargura.

La multitud, antaño dócil y conquistada, era ahora un mar de miradas acusatorias y murmullos hostiles. El control que siempre había ejercido sobre quienes lo rodeaban, sus admiradores, sus colaboradores, se le escapó como arena entre los dedos. Cada segundo parecía acercarlo a un final inevitable, un final en el que el poder ya no residía en sus manos sino en las de aquellos que estaban dispuestos a abandonarlo a la primera oportunidad.

Los medios rápidamente se hicieron cargo del asunto. Las redes sociales estallaron en comentarios, juicios apresurados y condenas definitivas. Los hashtags se extienden como la pólvora:

#JusticePourAïah, #AckeliLeMonstre, #PlusDeSilence. Las plataformas que habitualmente lo apoyaban comenzaron a distanciarse. Los patrocinadores retiraron su apoyo a escondidas. El sistema que lo sostenía se estaba derrumbando y él estaba en el centro.

Lo más doloroso para Ackeli fue que su fama, que le había dado todo, se había convertido en su mayor carga. Su nombre, su rostro, todo lo que alguna vez le había llamado la atención, se convirtió en blanco de críticas y vergüenza. En todas partes aparecieron artículos titulados "El cantante caído", las transmisiones debatieron su caso y su carrera musical, que alguna vez fue el máximo símbolo de su éxito, se convirtió en una trágica farsa.

En los primeros días tras la difusión del vídeo intentó controlar los daños. Se contrataron abogados y se redactaron cuidadosamente comunicados de prensa. Hablaron de un "malentendido", de una "historia mucho más compleja" de lo que mostraba el vídeo. Pero nada funcionó. Cada intento de justificación parecía hacer la situación más desesperada, más grotesca. Las palabras que siempre habían sido sus aliadas en la seducción y el poder ahora se volvían en su contra.

"Tienes que luchar por tu carrera", le decía su manager, "No dejes que esto arruine todo. Siempre podemos cambiar la opinión pública".

Pero Ackeli sabía, en el fondo, que era una ilusión. Ya no se trataba de una simple batalla por su imagen, sino por su propia supervivencia en un mundo que no le perdonaría este crimen. Estaba atrapado en una espiral, un torbellino de desesperación y negación, incapaz de salir a la superficie.

Sus colaboradores más cercanos, los que siempre lo habían apoyado, comenzaron a separarse. Le aconsejaron que fuera discreto y que dejara que el asunto se calmara. Pero eso no fue suficiente. El público exigía más que una explicación: quería un castigo, una confesión, una caída espectacular.

El poder que alguna vez había poseído (ese poder de manipular a una multitud, de cautivar con una simple sonrisa) se había revertido.

Ahora era él quien estaba bajo la influencia de un juicio implacable. Siempre había creído que podía controlarlo todo, que su fama era un escudo, pero ahora se dio cuenta de lo vulnerable que era. Cuanto más se reconocía su rostro, más se mencionaba su nombre y más brutal sería su caída.

"Todo es por culpa de una mujer", se dijo, tratando de racionalizar su enojo, "Ella arruinó mi vida".

Pero ni siquiera esta excusa que se ofreció fue suficiente para calmar su conciencia. Sabía, en el fondo, que era mucho más profundo que eso. Su propia arrogancia, su incapacidad para ver los límites de su poder, lo habían llevado a este punto sin retorno.

Con el paso de los días, la espiral siguió apoderándose. Sus conciertos fueron cancelados, sus cuentas bancarias congeladas por procedimientos judiciales y la presión mediática no hizo más que aumentar. Cada intento de resistir, de salvar lo que aún podía de su carrera, le hacía hundirse un poco más.

El poder, ese dulce veneno que una vez le había dado la ilusión de ser invencible, ahora lo aplastaba bajo su propio peso. Ya no era Ackeli Hicha, el carismático y atractivo cantante. Se había convertido en un hombre destrozado, odiado por quienes una vez lo habían adorado.

- **Conciencia comunitaria**

La difusión del vídeo de Aïah marcó un punto de inflexión radical en la conciencia colectiva de la aldea de Eva 3 y más allá. Gomorra, esta ciudad que vivía al ritmo de los placeres y los excesos, se vio brutalmente confrontada a una realidad que prefirió ignorar: el abuso de poder, la corrupción moral y el sufrimiento silencioso de víctimas invisibles.

En los días siguientes, los susurros y las conversaciones discretas dieron paso a una onda expansiva colectiva. Los residentes, alguna vez indiferentes al mal comportamiento de sus ídolos, se vieron obligados a enfrentar la dura verdad que les había sido expuesta en la pantalla grande. El vídeo, compartido en las redes sociales, no sólo llegó a las calles del Eva 3, sino que se extendió por toda la región. Ya no había forma de escapar de la vergüenza que había caído sobre Gomorra.

El silencio se estaba rompiendo.

Las personas que alguna vez habían celebrado a Ackeli, que lo habían invitado a sus casas, que habían bailado en sus conciertos, estaban comenzando a cuestionar su propia complacencia. Se preguntaban cómo podían hacer la vista gorda durante tanto tiempo, tolerando este comportamiento con el pretexto de que era "el precio a pagar" por vivir en una ciudad que valoraba el placer por encima de todo.

"¿Cómo pudimos haber ignorado esto?" dijo una de las vecinas de Aïah, con la voz temblorosa durante una reunión en la aldea. "Pensábamos que mientras no nos afectara directamente, no era nuestro problema. Pero lo que le pasó a esa pobre niña podría pasarle a nuestros propios hijos".

Las mujeres del pueblo, en particular, se vieron afectadas por la tragedia de Aïah. Algunos de ellos se reconocieron en su historia, recordando momentos en los que ellos también habían enfrentado situaciones de abuso o manipulación, pero habían optado por permanecer en silencio por miedo a represalias o juicios. Aïah se convirtió en un símbolo: el de todas las voces que habían sido silenciadas, que nunca habían encontrado refugio.

"Esto nunca debería haber sucedido", susurró un antiguo amigo de la familia Boulaïf. "¿Pero qué podemos hacer ahora que el daño ya está hecho?"

El shock dio paso a la culpa. La comunidad gradualmente se dio cuenta de que al glorificar a figuras como Ackeli, habían creado un ambiente donde se toleraba el abuso. Se puso en duda la cultura del silencio, el secretismo y el poder impune. Los aldeanos, que alguna vez se habían asociado orgullosamente con los éxitos de Gomorra, estaban empezando a ver las grietas en la imagen que habían construido.

Las conversaciones surgieron en las calles, en el mercado, en la iglesia. Parece cambiado. Ya no hablábamos de la misma manera de artistas y figuras de poder. Las dudas iban apareciendo. Si Ackeli, a quien todos habían adorado, era capaz de tales horrores, ¿qué pasaba con los demás? ¿Líderes políticos, empresarios ricos que gobernaron Gomorra como reyes? ¿Qué verdades se escondían todavía detrás de las relucientes fachadas de la ciudad?

El padre de Aïah, Jusuf Nock Ehén Boulaïf, hasta entonces un hombre discreto y respetado, se convirtió en un faro de dignidad en esta tormenta. Aunque destrozado por lo que le había sucedido a su hija, mostró una fuerza interior inquebrantable. La gente acudía a ofrecerle apoyo, pero era él quien a menudo consolaba a los demás. Encarnó el recordatorio de que, incluso en medio del dolor, existía la responsabilidad colectiva de no permitir que ocurrieran más tragedias de este tipo.

En una reunión organizada por los ancianos de la aldea, Jusuf habló. Su voz, aunque tranquila, llevaba un mensaje significativo.

"No es sólo mi hija la que ha sido traicionada", dijo, con los ojos fijos en la multitud, "somos todos nosotros. Permitimos que hombres como Ackeli tomaran este poder sobre nuestras vidas. Pero hoy les pregunto esto: ¿Qué somos? ¿Vamos a hacer para dejar de permitir que esto suceda? ¿Vamos a seguir mirando para otro lado o vamos a luchar por una comunidad más justa?

Sus palabras resonaron profundamente. Por primera vez en mucho tiempo, era necesaria una comprensión colectiva: Gomorra tenía que cambiar, o de lo contrario seguiría devorada por su propia decadencia.

Poco a poco se fueron alzando las voces. Grupos de ciudadanos comenzaron a celebrar reuniones para discutir cómo reformar la sociedad. La cuestión del poder y la responsabilidad se colocó en el centro de las discusiones. Hablábamos de nuevas leyes, protección a las víctimas, apoyo psicológico y, sobre todo, tolerancia cero ante cualquier tipo de abuso. Mujeres, jóvenes e incluso algunos hombres influyentes se sumaron a este movimiento, decididos a no permitir que reinera más la impunidad.

    La caída de Ackeli y la tragedia de Aïah fueron el catalizador de un cambio social más profundo. Gomorra, alguna vez famosa por su libertad ilimitada, estaba comenzando a cuestionar los fundamentos mismos de su cultura. Los excesos que alguna vez habían definido a la ciudad ahora se veían bajo otra luz: la de la destrucción, no sólo de los individuos, sino de toda la comunidad.

Parte V: Lucha por la justicia
Capítulo 12
El duelo moral

La difusión del vídeo no sólo expuso a Ackeli a los ojos de todos, sino que también sumió a la aldea de Eva 3 y Gomorra en una batalla moral sin precedentes. Ya no era simplemente una cuestión de justicia para Aïah, era una lucha por el alma misma de la comunidad. Los residentes estaban divididos. Por un lado, quienes exigieron que Ackeli fuera juzgado por sus crímenes, y por otro, quienes, a pesar de todo, siguieron apoyándolo, cegados por su carisma y su fama pasada.

El padre de Aïah, Jusuf, estaba ahora en el centro de esta lucha, impulsado por el dolor de su hijo pero también por un agudo sentido de justicia. Sabía que esta lucha iría más allá de los tribunales. Fue un enfrentamiento entre la verdad y las ilusiones, entre los valores humanos y el atractivo engañoso de la gloria. Los habitantes de Gomorra, al igual que el pueblo de Eva 3, tendrían que elegir de qué lado estaban.

En el corazón del pueblo, estallaron debates en reuniones públicas. Los mayores, que alguna vez habían defendido la tradición y el status quo, se encontraron enfrentados a una nueva generación enojada y decidida a poner fin a los privilegios abusivos de las élites. Ackeli, que alguna vez fue intocable, se convirtió en la personificación de un sistema que había traicionado a los más vulnerables.

Durante una asamblea bajo el gran mango del Eva 3, Akouar habló. Después de todo, fue él quien inició este alboroto al revelar al mundo lo que había visto. Se sentía responsable y orgulloso, pero también inmerso en sus propios conflictos internos.

"No es sólo Ackeli quien debe ser juzgado", dijo a la multitud. "Es todo un sistema que protegió este comportamiento, que hizo la vista gorda ante la comodidad del entretenimiento. Todos tenemos una responsabilidad".

Los murmullos surgieron entre la multitud. Algunos asintieron al darse cuenta de la verdad de sus palabras, mientras que otros se sintieron acusados injustamente. La verdad pesaba mucho y las almas de Gomorra vacilaban bajo su peso. La pregunta ahora era: ¿hasta dónde estaban todos dispuestos a llegar en busca de justicia?

Mientras tanto, Ackeli, enclaustrado en su lujosa casa, vio cómo su mundo se derrumbaba a su alrededor. La televisión local y nacional informó incesantemente del asunto, su música había desaparecido de las ondas y sus amigos influyentes se distanciaron uno a uno de él, ansiosos por proteger su propia reputación. Pero a pesar de esta vertiginosa caída, Ackeli se negó a ceder.

"¿Creen que voy a desaparecer? ¿Que voy a aceptar todo esto?". murmuró con desdén, sus dedos tamborileando nerviosamente sobre la mesa de madera maciza de su sala de estar. "Soy Ackeli Hicha. Me adoraron. Me amarán nuevamente".

En las sombras, planeó su regreso. Manipulación, seducción, ese era su dominio. Todavía creía que podría recuperar el control. Planeaba salir de allí no mediante el arrepentimiento, sino mediante una nueva operación de encanto, una mentira bien aceptada destinada a recuperar los corazones de sus antiguos seguidores. Para él la batalla aún no estaba perdida. Al menos eso es lo que se dijo a sí mismo.

Por tanto, la lucha por la justicia se desarrolló en dos frentes: en la conciencia de los habitantes y detrás de escena, donde Ackeli intentó salvar su imperio caído. Pero lo que no había previsto era la creciente determinación de Aiah. Desde aquella fatídica noche, Aiah había permanecido encerrada en un dolor silencioso, paralizada por la vergüenza y el miedo. Pero al ver el apoyo y la valentía de su padre y de Akouar, algo empezó a despertar en su interior.

Una tarde, mientras el crepúsculo teñía el cielo de naranja y púrpura, Aïah se volvió hacia su padre con los ojos llenos de lágrimas, pero también de resolución.

"Papá", susurró suavemente, "ya no quiero huir. No quiero que este hombre tenga este poder sobre mí. Quiero luchar. Quiero que se haga justicia".

Jusuf, profundamente conmovido por las palabras de su hija, le puso una mano protectora en el hombro.

"Eres más fuerte de lo que piensas, Aiah", respondió, su voz mezclada con suave orgullo. "Y no estás solo en esta lucha. Lucharemos juntos".

Este fue el comienzo de la revuelta interior de Aïah, un paso crucial en su viaje hacia la justicia. Entonces decidió testificar públicamente, contar su historia no como víctima, sino como superviviente. Su testimonio cambiaría el curso de esta batalla, galvanizando a quienes aún dudaban y revelando la verdadera naturaleza de la lucha: una búsqueda de la dignidad humana.

La próxima confrontación prometía ser feroz. Por un lado, Ackeli, dispuesto a hacer cualquier cosa para mantener su poder y su estatus. Por otro, Aïah, apoyada por su padre y su tío, decidida a sacar la verdad a la luz, sin importar las consecuencias. Todo el pueblo y la ciudad de Gomorra estaban al borde de un precipicio y todos tenían que elegir entre la complicidad en silencio o asumir la responsabilidad de un futuro más justo.

El duelo moral estaba en marcha.

- **El enfrentamiento entre Aïah y Ackeli**

La revelación pública del crimen de Ackeli había molestado a Gomorra y a Eva 3, pero el enfrentamiento entre Aïah y Ackeli se perfilaba como el punto culminante de esta lucha por la justicia. Era un momento inevitable, donde los destinos de los dos protagonistas se volverían a cruzar, esta vez no en las sombras, sino ante los ojos del mundo entero.

Aïah, habiendo decidido no dejarse llevar más por la vergüenza y el miedo, se preparó mental y emocionalmente para este enfrentamiento. Sabía que esta confrontación era necesaria, no sólo para ella, sino también para otras mujeres que pudieron haber sido víctimas del silencio o la manipulación. Su tío Akouar estaba a su lado, al igual que su padre, Jusuf, quien la apoyó con fuerza silenciosa, un pilar inquebrantable de amor.

En los días previos al enfrentamiento, Akouar jugó un papel clave. Él, que había filmado la terrible escena y había sacado a la luz la verdad, ahora sentía todo el peso de sus decisiones. Sabía que la batalla no se trataría de unas pocas palabras o de justicia legal. Lo que estaba en juego iba mucho más allá y estaba dispuesto a proteger a su sobrina a toda costa. Pero también tenía que tener cuidado, porque los partidarios de Ackeli estaban empezando a conspirar en las sombras. Muchos hombres poderosos de Gomorra se vieron amenazados por este asunto, ya que disfrutaban de los mismos privilegios que la fama otorgaba a Ackeli. No iban a permitir que este escándalo se los llevara sin respuesta.

El enfrentamiento se produjo durante una audiencia pública. Todo el pueblo se había reunido para lo que parecía más un juicio social que un verdadero procedimiento legal. El centro de justicia de Gomorra estaba repleto de gente y las calles estaban invadidas por periodistas, curiosos y activistas que venían de todas partes para apoyar a Aïah. Los ojos de todo el mundo estaban fijos en esta dramática escena.

Ackeli, fiel a sí mismo, entró en la habitación con una postura arrogante y una sonrisa como si todavía creyera que podía salirse con la suya. A pesar de la conmoción del vídeo, no pareció reconocer la gravedad de sus acciones. Para él todo era un juego de poder, una cuestión de control.

Caminó hacia Aiah, sus ojos fríos y calculadores escudriñándola.

"Entonces, ¿este es tu gran momento de venganza?" Gritó con una voz llena de desafío. "¿De verdad crees que todo esto me va a destruir? ¿Que vas a poder borrar lo que soy ante los ojos de los demás? Mira a tu alrededor, Aiah. Soy una estrella. La gente siempre me seguirá". ".

Aïah, a pesar de la angustia que oprimía su pecho, lo miró directamente a los ojos. Su corazón latía con fuerza, pero recordó las palabras de su padre y la determinación que la había traído hasta aquí. Ya no era esa joven asustada, paralizada por el miedo y la vergüenza. Había crecido, había sufrido, pero sobre todo se había levantado.

"Lo que eres, Ackeli", dijo con voz clara y fuerte, "no es una estrella, ni un modelo, lo que eres es un hombre destrozado por su propio orgullo. Has destruido vidas con tu egoísmo y tu sed de amor. control Pero hoy, ya no tienes este poder sobre mí. Nunca más lo tendrás.

Un murmullo recorrió el público. La confianza de Aïah sorprendió incluso a sus seguidores, que temían este momento. Pero se enfrentó a Ackeli con una fuerza interior que nadie sospechaba.

- **Las decisiones de Akouar para defender a su sobrina**

Mientras tanto, Akouar, al fondo, observaba cada movimiento, cada palabra intercambiada entre Aïah y Ackeli. Estaba orgulloso de la fuerza de su sobrina, pero sabía que la batalla aún no había terminado. Todavía había fuerzas oscuras trabajando a favor de Ackeli y Akouar tuvo que tomar decisiones difíciles.

Akouar recordó aquella fatídica noche en la que filmó la escena. Sus instintos le decían que actuara, pero ¿a qué precio? Al revelar esta verdad, había puesto a su sobrina en el centro de atención, en una situación que ella no merecía. Sin embargo, no se arrepintió de su elección. Sabía que tenía que protegerla, incluso si eso significaba enfrentar amenazas mucho mayores que él mismo.

En los días previos al juicio, Akouar había recibido advertencias. Le habían enviado mensajes anónimos invitándole a "reconsiderar" su papel en este asunto. Le habían hecho comprender que personas poderosas, hombres influyentes, tenían todo el interés en enterrar este asunto, porque las acciones de Ackeli corrían el riesgo de revelar sus propios secretos.

Pero Akouar no era un hombre fácil de intimidar. Sabía que aquellas amenazas no eran más que intentos de asustarlo, de impedirle defender a Aïah hasta el final. A pesar de la presión, tomó la decisión de apoyar a su sobrina, dispuesto a enfrentarse a cualquiera que intentara silenciarla.

El día del enfrentamiento final, mientras Aïah se enfrentaba a Ackeli, Akouar sintió que la tensión aumentaba en la sala. Sabía que Ackeli aún no estaba derrotado. Y fue entonces cuando el cantante, en un último acto de desesperación, se dirigió al público en un intento de recuperar su simpatía.

"Tú me conoces", gritó Ackeli, con los brazos levantados en una postura dramática. "¡Sabes quién soy, lo que he aportado a esta comunidad! ¡Es sólo un complot, una trampa tendida por aquellos que están celosos de mi éxito!"

La multitud seguía indecisa, algunos todavía fascinados por el carisma de Ackeli, mientras que otros, conmocionados por las revelaciones, lo miraban con disgusto. Akouar sintió que era hora de actuar.

Se levantó lentamente y caminó hacia el frente de la habitación. Todas las miradas se volvieron hacia él cuando dio un paso adelante, tranquilo pero decidido.

"Todos hemos visto la verdad, Ackeli", dijo en voz alta y autoritaria. "No es una cuestión de celos o conspiración. Es una cuestión de justicia. Traicionaste a quienes te admiraban. Tomaste algo que no te pertenecía".

Akouar luego se dirigió a la multitud y se dirigió a ellos con un conmovedor llamamiento.

"No hagamos la vista gorda ante esta verdad. Hoy todos tenemos una responsabilidad. Podemos optar por defender la dignidad humana o seguir glorificando a quienes abusan de su poder".

- **La reflexión de Aïah sobre la justicia y el perdón**

Después del enfrentamiento con Ackeli, Aïah se encontró en un momento de silencio, lejos de la multitud agitada, lejos de los focos que habían iluminado su historia. Sentada al borde de un acantilado con vistas al mar, contemplaba las olas rompiendo contra las rocas. Este espectáculo natural, de poder implacable, parecía reflejar su propio viaje interior: un tumulto de sentimientos que debía domar.

Justicia era una palabra que resonaba en ella, pero de la que aún no captaba todos los matices. Revelar la verdad parecía un paso necesario, pero ¿realmente había hecho justicia a lo que había experimentado? Y sobre todo, ¿qué implicó esa justicia? Ackeli fue humillada públicamente y su carrera destruida, pero en el fondo, el vacío y el dolor permanecieron intactos.

Se preguntó si eso sería suficiente. Si ver a su atacante caer de su pedestal era realmente la reparación que estaba buscando.

Akouar siempre la había apoyado en su búsqueda de la verdad, insistiendo en la importancia de hacer justicia, de no dejar que las acciones de Ackeli queden impunes. Tenía razón. Pero algo la estaba preocupando. Este sentimiento de amargura, de sufrimiento persistente, como una cicatriz que, a pesar de todo, seguía ardiendo.

Pensó en otras mujeres, en las que aún no habían podido hablar o en las que nunca habían tenido la oportunidad de hacer oír su voz. ¿Y si la justicia fuera sólo un paso? Un paso doloroso pero necesario, al que debía seguir algo más profundo. Algo que todavía se le escapaba.

Perdón.

Esta palabra tocó su mente como un susurro, frágil pero insistente. ¿Cómo perdonar lo imperdonable? Y aunque pudiera, ¿por qué debería hacerlo? Aïah se puso de pie, con los brazos cruzados, sintiendo el viento acariciar su rostro. La idea del perdón no significaba borrar el dolor ni excusar las monstruosas acciones de Ackeli. Ella no estaba pensando en eso por él, sino por ella misma.

Recordó las palabras de su padre, Jusuf, tras la revelación del vídeo. Habían mantenido una discusión íntima, lejos del ruido de juicios externos. Su padre le había explicado que el perdón no era una abdicación ni una renuncia a la justicia, sino un acto de liberación personal. Para sanar había que liberarse del peso del rencor.

"Perdonar no significa olvidar, Aiah", le había dicho su padre con dulzura. "Es aceptar que la ira ya no debería gobernar tu corazón. Es por ti, no por él".

Esas palabras la habían sorprendido en ese momento, pero ahora adquirieron un significado más profundo. El camino hacia la justicia ya era difícil, pero el camino hacia el perdón parecía aún más difícil. ¿Realmente podría perdonar a Ackeli?

Miró hacia el horizonte, donde el sol comenzaba a ponerse, tiñendo el cielo de tonos morados y dorados. Quizás algún día, con el tiempo, podría dejar ir este dolor, envolverlo en el velo del perdón. Pero hoy todavía no estaba lista. Todavía había que hacer justicia y ella tenía que sanar primero a su debido tiempo.

Aïah dio un paso adelante, decidida a seguir adelante, no a olvidar, sino a reconstruirse. El perdón podría llegar, pero sabía que no debía apresurarse. La justicia había iluminado parte de su camino, pero el perdón, cuando llegara, sería el acto final de su liberación.

Capítulo 13
Aliados inesperados

A medida que Aiah avanzaba por el difícil camino hacia la recuperación, comenzó a descubrir que la lucha que antes había tenido que afrontar en solitario ya no lo era. Aparecieron aliados inesperados, algunos de lugares y orígenes que nunca hubiera esperado. No todos compartieron su historia, pero cada uno, a su manera, brindó un apoyo vital, brindando esperanza donde parecía haber desaparecido.

La primera de estos aliados fue Malika, una amiga de la infancia a la que Aïah había perdido de vista durante años. Malika vivía ahora en Gomorra, en el corazón de la ciudad, donde trabajaba en una organización de derechos de las mujeres. Cuando se difundió el vídeo de Akouar, el caso no se limitaba al pueblo. Llegó a los círculos activistas de Gomorra y Malika rápidamente se enteró.

Una noche, se presentó en la puerta de la casa de Jusuf, decidida a ofrecerle su apoyo.

"Sé que han pasado años, Ayah", dijo suavemente, abrazando a su antigua amiga. "Pero no estás solo. Todos tenemos cicatrices, visibles o invisibles, y debemos apoyarnos unos a otros".

Aïah, conmovida por esta aparición inesperada, se sintió por primera vez comprendida por alguien ajeno a su círculo familiar. Malika le explicó que su organización podría ayudarla a hacer oír su voz a mayor escala y, sobre todo, que podría guiarla a través de los procedimientos legales y psicológicos necesarios.

Este apoyo no terminó ahí. Comenzaron a alzarse voces anónimas, hasta entonces silenciadas por el miedo o la vergüenza. Quedó claro que Ackeli Hicha no estaba aislado en su brutalidad. Otras mujeres, que también habían sido víctimas de su poder e influencia, comenzaron a surgir de las sombras. Sus testimonios, antes sofocados por el miedo a represalias o estigmatización, fortalecieron la lucha de Aïah.

Una joven llamada Lina, ex admiradora de Ackeli, contó su propia historia. Aunque su historia no fue tan brutal como la de Aiah, trataba sobre una relación abusiva en la que Ackeli usó su poder para manipularla y controlarla. Su valentía para admitir esta experiencia se hizo eco de la de Aïah, y juntas comenzaron a reunir a otras mujeres que, de una forma u otra, habían sido víctimas de este sistema.

Más allá de las víctimas, Akouar, el tío de Aïah, empezó a atraer otro apoyo político y social. El hombre que era (una vez aislado por su postura contra las élites de Gomorra) ahora se encontraba en el centro de una revolución moral. Intelectuales, activistas e incluso miembros del clero reconocieron la importancia de su gesto y muchos se unieron a su lucha por la justicia.

La comunidad de Eva 3, por su parte, estaba dividida. Pero a medida que los aliados de Aiah crecieron en número, algunos de los aldeanos, alguna vez escépticos o reacios a tomar partido, cambiaron de actitud. Vieron en Aïah ya no una víctima silenciosa, sino una mujer valiente que, con la ayuda de quienes creían en ella, llevaba la antorcha de la verdad.

Jusuf, su padre, también fue un aliado imprescindible en esta lucha. Aunque su instinto paternal a veces le dictaba que protegiera a su hija protegiéndola del escándalo público, rápidamente comprendió que su apoyo incondicional era lo que Aïah más necesitaba. Juntos, discutieron las opciones que tenían por delante. Jusuf se convirtió en una figura pública, hablando en nombre de su hija y de víctimas como ella, exigiendo reformas y denunciando la impunidad.

"Mi hijo no debe sufrir en las sombras", declaró en una reunión en la aldea, "y ninguna otra mujer debería hacerlo".

Gracias a todo este apoyo, Aïah encontró nuevas fuerzas. Lo que comenzó como un acto aislado de violencia se convirtió en el catalizador de un movimiento más amplio. Ya no era simplemente una víctima, sino la portadora de un mensaje mayor. Rodeada de sus inesperados aliados, se dio cuenta de que en la unión había poder y que esta lucha iba más allá de su propia historia.

- **La aparición de personajes secundarios y la ayuda a Aïah en su lucha**

A medida que el caso de Aïah crecía, nuevos personajes entraron en escena, cada uno de los cuales desempeñó un papel crucial en su búsqueda de justicia. Estos personajes secundarios, aunque estaban al margen de la pelea principal, se convirtieron en jugadores esenciales, brindando diferentes perspectivas y apoyo vital.

Uno de los primeros en afirmarse fue Zohar, un periodista independiente que hasta entonces nunca había participado en los escándalos locales de Gomorra. Zohar tenía reputación de hombre honesto, pero trabajaba en temas menos controvertidos. Sin embargo, cuando descubrió la historia de Aïah, rápidamente comprendió que no podía permanecer en silencio. Lo que vio allí no fue sólo una noticia, sino el símbolo de un sistema profundamente corrupto.

Una noche, fue al Eva 3 para encontrarse con Aïah y su padre.

"Quiero contar tu historia", le dijo con calma a Aïah, sentada frente a ella en su pequeña casa del pueblo. "Pero no como lo harían otros. No con titulares sensacionalistas, sino con verdad y humanidad. Su historia merece ser escuchada".

Aïah, que al principio dudaba ante la idea de exponer aún más su vida, se tranquilizó con el tono sincero y respetuoso de Zohar. Hablaron largamente de lo que había vivido, del peso del silencio y de cómo la verdad había que revelarla con sensibilidad. El apoyo de Zohar le dio a Aïah una plataforma para contar su historia, pero también un aliado en la guerra mediática que siguió.

Luego también se involucró Emira, una abogada reconocida por defender los derechos de las mujeres en Gomorra. Emira era conocida por su incansable lucha contra el abuso de poder y la violencia contra las mujeres en un sistema que favorece a los hombres poderosos. Cuando supo que el vídeo de Aïah estaba circulando y que el asunto estaba a punto de estallar, se puso en contacto con la familia de la joven.

"Lo que os pasó es intolerable", dijo con firmeza, sentada junto a Malika y Aïah durante una reunión estratégica. "Debemos utilizar todas las armas legales a nuestra disposición para hacer justicia. Es hora de que estos hombres sepan que no están por encima de la ley".

Emira brindó a Aïah un sólido apoyo legal y una estrategia para transformar su dolor en fortaleza. Juntos, desarrollaron planes para llevar a Ackeli a los tribunales, pero también para concienciar al público sobre las realidades del abuso de poder.

Durante este período atormentado, Kamir, un músico anteriormente cercano a Ackeli, también hizo una entrada notable en el campo de apoyo de Aïah. Kamir y Ackeli habían tocado juntos en su juventud, pero mientras Ackeli se había convertido en la encarnación de los excesos de Gomorra, Kamir se había distanciado del mundo de la música convencional y prefería permanecer fiel a sus valores.

Kamir conocía bien el detrás de escena de la escena musical y sabía hasta qué punto Ackeli había caído en la arrogancia y el abuso de poder. Consumido por la culpa por haber hecho la vista gorda ante algunas de sus acciones pasadas, decidió posicionarse junto a Aiah.

"Nunca imaginé que llegaría tan lejos", admitió ante Aiah en una conversación privada. "Debo rectificar esto. No puedo permanecer en silencio".

Kamir utilizó sus conexiones en el mundo de la música para denunciar públicamente a Ackeli. Al hablar abiertamente de los excesos del cantante, ayudó a desmitificar esta figura pública que todos admiraban ciegamente. Su testimonio hizo que la reputación de Ackeli flaqueara en los círculos influyentes, lo que hizo aún más difícil su lucha por preservar su imagen.

Otros miembros de la comunidad Eva 3, que inicialmente se habían mostrado reacios a apoyar públicamente a Aïah, también comenzaron a cambiar de bando. La solidaridad local despertó poco a poco, en particular gracias a la intervención de figuras como Iman, ex profesora de Aïah, que movilizó grupos de apoyo en el pueblo. Iman conocía a Aïah desde la infancia y recordaba a la niña reservada y brillante que había visto mientras crecía.

"Sabía que eras fuerte", le dijo a Aïah durante una de sus reuniones. "Y ahora debes mostrarles a todos el poder de esta fuerza. Estamos de tu lado".

Estos personajes secundarios, a través de sus acciones y su apoyo, crearon una especie de escudo protector alrededor de Aïah. Cada uno de ellos jugó un papel fundamental en su lucha por la justicia, ayudando a erosionar el poder de Ackeli y exponer la podredumbre escondida en las alturas de Gomorra. Su diversidad de habilidades y perspectivas transformó esta lucha individual en un movimiento colectivo, donde Aïah ya no representaba sólo su propio sufrimiento, sino también el de muchas otras mujeres que, a través de ella, encontraron una voz.

Con estos aliados a su lado, Aïah empezó a ver la luz al final del túnel.

- **La importancia de la solidaridad ante la adversidad**

Ante la magnitud de la situación, Aïah rápidamente se dio cuenta de que la solidaridad era la clave para resistir la tormenta que la azotaba. Lo que comenzó como una tragedia personal se fue convirtiendo en una lucha colectiva. Cuanto más avanzaban los acontecimientos, más entendía Aiah que su lucha contra Ackeli y el sistema corrupto de

Gomorra no era una batalla que pudiera librar sola. La fuerza del grupo, de quienes lo apoyaron, marcó la diferencia.

Este apoyo inquebrantable se manifestó de diversas maneras.

Zohar, el periodista que eligió contar la historia de Aiah, utilizó sus habilidades para crear conciencia mucho más allá de Eva 3. Su artículo cuidadosamente escrito se volvió viral y llegó a lectores de Gomorra y más allá. Sus palabras fueron un eco del dolor de Aïah, pero también de su resiliencia y la de todos aquellos que lucharon por la justicia. Su trabajo ayudó a romper el silencio que había pesado sobre las víctimas del abuso de poder durante demasiado tiempo.

A través de sus palabras, Zohar dejó claro que esta historia no era única. Destacó los mecanismos sistémicos que permitieron a los poderosos protegerse y expuso las fallas en la justicia social de la ciudad. Más que nunca, la solidaridad era necesaria para resistir la opresión.

Emira, la abogada apasionada, trabajó incansablemente para garantizar que la ley protegiera a Aïah. Pero también sabía que la justicia legal no siempre era suficiente. Al enfrentarse a Ackeli, se enfrentaba a una figura idolatrada por muchos, alguien que tenía el poder de manipular la opinión pública. Sin embargo, Emira utilizó la solidaridad de las mujeres de Gomorra para construir una defensa moral, apoyándose en otras víctimas de la injusticia que habían permanecido en silencio durante demasiado tiempo.

"No estamos solas", afirmó durante una reunión pública con asociaciones de mujeres. "Esta lucha es nuestra, de todos nosotros. Cada vez que uno de nosotros es silenciado, debemos unirnos y gritar más fuerte. Así ganaremos".

Sus palabras resonaron en toda la comunidad, inspirando a muchas mujeres a hablar y compartir sus propias historias de sufrimiento y resistencia. Las voces individuales se convirtieron en un coro, un clamor contra la injusticia.

Kamir, el antiguo amigo de Ackeli convertido en oponente, brindó un tipo diferente de apoyo. Utilizando su red en la industria de la música, logró convencer a varios artistas influyentes para que se opusieran a Ackeli. Esta solidaridad artística tuvo un impacto poderoso. Músicos de renombre comenzaron a denunciar públicamente los abusos de poder, atrayendo cada vez más atención al caso de Aïah. El impacto de este enfoque fue inmenso, porque hizo comprender al público que la fama nunca debe excusar lo imperdonable.

Kamir también utilizó su talento musical para componer una canción dedicada a la lucha de Aïah. Un himno a la resiliencia y la solidaridad, la canción fue compartida en las redes sociales y reproducida en varias emisoras de radio, llegando a miles de personas.

"Esta canción es para ti, Aïah", declaró en un evento de apoyo. "Y por todas las mujeres que han sido silenciadas. Estamos unidas en esta lucha y nuestra voz, a través de ustedes, nunca flaqueará".

Dentro del pueblo de Eva 3, la solidaridad local también se convirtió en una fuerza palpable. Se organizaron reuniones para apoyar a Aïah y su familia, y los residentes, inicialmente reacios a involucrarse en un asunto tan explosivo, comenzaron a movilizarse. Los vecinos ofrecieron su ayuda, algunos para organizar vigilias, otros para que a la familia de Aïah no le faltara nada. Las mujeres del pueblo crearon un colectivo para defender a las víctimas de la violencia, inspiradas por la valentía de Aïah.

Una noche, cuando el peso de toda esta terrible experiencia parecía casi insuperable, Aïah se encontró rodeada de sus seres queridos y de los nuevos aliados que había adquirido. Había una luz en sus ojos, una calidez que contrastaba con la oscuridad de su experiencia.

"No estás sola, Aiah", dijo en voz baja Iman, su antiguo maestro, que se había convertido en un ferviente defensor de su causa. "Mira a tu alrededor. Lo que has hecho, lo que has inspirado... Todos estamos aquí para ti. Y juntos, derribaremos a aquellos que pensaban que podían silenciarte".

Fue en estos momentos de solidaridad y consuelo que Aïah encontró la fuerza para continuar, a pesar del dolor, a pesar de los obstáculos. Cada sonrisa de apoyo, cada palabra de aliento se convirtió en un pilar en el que apoyarse. Ya no era simplemente su lucha, sino la de todos aquellos que creían en la justicia, la igualdad y la dignidad humana.

La solidaridad transformó esta lucha individual en un movimiento colectivo. Lo que podría haber seguido siendo una tragedia silenciosa se convirtió en una demanda de justicia compartida, una oleada de esperanza contra la corrupción y la decadencia de Gomorra. A través de esta terrible experiencia, Aïah descubrió el poder de la unidad en la adversidad: una fuerza indomable capaz de derribar al más poderoso.

Capítulo 14
Voz de rebelión

En los días siguientes a la difusión del vídeo, una onda expansiva recorrió Gomorra. Ya no era sólo asunto de Aïah y Ackeli: era el despertar de una sociedad durante mucho tiempo esclavizada al poder, la manipulación y la corrupción. Se empezaron a escuchar voces de rebelión, al principio tímidamente, luego con creciente fuerza.

La población, una vez seducida por la imagen glamorosa de Ackeli y otras figuras influyentes, comenzó a cuestionarse. Ya no se podían ignorar las mentiras y la opresión que reinaban en Gomorra. Rápidamente se formaron grupos disidentes que unieron a ciudadanos de todos los ámbitos de la vida. Se negaron a guardar silencio, a aceptar el status quo y optaron por oponerse a la injusticia.

Zohar, el periodista, se convirtió en uno de los portavoces de esta rebelión emergente. En sus artículos, expuso no sólo las fechorías de Ackeli, sino también los sistemas que permitieron a hombres como él prosperar con impunidad. Sus palabras fueron armas, llamados a la acción, que resonaron en todos los hogares. Escribió con una intensidad que ya no podía ignorarse:

"Lo que le pasó a Aïah no es un incidente aislado. Es un síntoma de un mal más profundo, arraigado en nuestra sociedad. Una sociedad donde el poder protege a quienes abusan, donde la fama otorga una impunidad inmerecida. arriba."

Sus escritos fueron difundidos en las redes sociales, compartidos por miles de personas. Comenzaron a organizarse protestas. En las calles de Gomorra se produjeron manifestaciones pacíficas pero poderosas. La gente exigía justicia para Aïah, pero también para todas las víctimas anónimas de un sistema corrupto. Se levantaron pancartas con mensajes de resistencia y solidaridad.

"¡Justicia para Aiah!" "¡No a la impunidad de los poderosos!" "¡Gomorra debe cambiar!"

Cada día el movimiento crecía. Figuras públicas, influenciadas por el escándalo, comenzaron a sumarse a la rebelión. Los artistas, antiguos amigos o colegas de Ackeli, se opusieron a él. Algunos denunciaron la cultura tóxica que había permitido tales excesos, mientras que otros se distanciaron públicamente de él, expresando su apoyo a Aïah y a las víctimas de la violencia.

En este contexto de lucha, Emira, la abogada de Aïah, se convirtió en una voz importante de la rebelión. Con su formidable elocuencia, participó en debates públicos, transmisiones de televisión y foros ciudadanos, donde abogó no sólo por justicia para su cliente, sino también por una reforma profunda del sistema legal en Gomorra. Destacó la corrupción que estaba frenando cualquier intento de cambio y la necesidad de que los ciudadanos tomaran el poder democrático.

"Ayah es la chispa que encendió este fuego", dijo Emira en un discurso público. "Pero depende de todos nosotros alimentar esta llama. Debemos luchar no sólo por ella, sino por todas las personas que, como ella, han sido silenciadas por un sistema injusto".

Las voces de las mujeres también ocuparon un lugar central en este movimiento de revuelta. Compartieron sus propias historias de sufrimiento y resistencia, alineándose con Aïah en su búsqueda de justicia. Se formó un colectivo de mujeres activistas que lanzó una campaña llamada "Nunca más en silencio", que animaba a las víctimas de la violencia a romper el tabú del silencio y unirse a la lucha por la justicia.

"Somos la voz de aquellos que nunca han sido escuchados", declaró uno de los organizadores del colectivo durante una manifestación. "Ya no permitiremos que el miedo o la vergüenza borren nuestras historias".

A medida que aumentaba la presión, los líderes de Gomorra intentaron contener la rebelión. Algunos políticos, vinculados a Ackeli o temerosos de que su propia corrupción quedara al descubierto, intentaron desacreditar el movimiento. Se lanzaron campañas de difamación con el objetivo de presentar a los manifestantes como alborotadores. Pero nada pudo detener el impulso de la revuelta. Las voces de la rebelión se habían vuelto demasiado poderosas, demasiado numerosas.

Aïah, aunque profundamente afectada por los acontecimientos, encontró la fuerza para unirse públicamente a esta rebelión. Se convirtió en un símbolo de lucha, una figura de resistencia que inspiró a miles de personas. En un mitin, subió al escenario por primera vez, temblando pero decidida, y se dirigió a la multitud que coreaba su nombre.

"Nunca imaginé que estaría aquí, frente a todos ustedes, contándoles mi historia", comenzó con la voz entrecortada pero decidida. "Pero lo que yo experimenté no debería ser experimentado por otra persona. Esta es nuestra lucha, juntos podemos cambiar Gomorra. Juntos podemos poner fin a esta cultura de impunidad".

La multitud estalló en aplausos, aclamando a Aïah no sólo como una víctima, sino también como una líder, una voz que llevaba la lucha de toda una comunidad.

La rebelión estaba en marcha, incontenible. Se nutrió de cada testimonio, de cada acción colectiva. Ya no era sólo una cuestión de justicia para Aïah, sino una cuestión de cambio profundo, de revolución social. Gomorra, la ciudad alguna vez dominada por el libertinaje y la corrupción, estaba experimentando un despertar sin precedentes, impulsado por las voces unidas de la rebelión.

- **El auge de la voz femenina en Gomorra**

En el corazón de la rebelión que sacudió Gomorra, una fuerza emergente estaba ganando impulso: la voz femenina. En un pueblo donde las mujeres habían sido relegadas al silencio durante mucho tiempo, nació un movimiento de solidaridad que unió a quienes habían sufrido en silencio y a quienes habían decidido no permanecer más callados.

Las mujeres del pueblo, previamente borradas por la dominación masculina y la cultura del exceso, encontraron en la historia de Aïah una inspiración y un coraje sin precedentes. Comenzaron a reunirse para discutir las injusticias que habían sufrido, ya sea en sus hogares, en el trabajo o en las calles de Gomorra.

Nadia, una respetada mujer de mediana edad, se convirtió en una de las figuras principales de este movimiento. Con su experiencia y sabiduría, reunió a grupos de mujeres para compartir sus historias. Al principio, esto se hacía en la privacidad de los hogares, pero rápidamente estas reuniones se transformaron en reuniones públicas.

"Ya no podemos seguir siendo invisibles", declaró Nadia durante una reunión. "Tenemos derecho a hacer oír nuestra voz. Nuestro dolor debe ser reconocido y nuestras historias deben contarse".

Las historias que contaron las mujeres fueron tan diversas como conmovedoras. Algunos hablaron de acoso diario, otros de violencia doméstica y muchos de presión social para ajustarse a normas obsoletas. Estas historias, marcadas por la tristeza pero también por la resiliencia, establecieron un fuerte vínculo entre ellas.

Mujeres jóvenes, como Leïla, que había sido una de las primeras en apoyar a Aïah, se unieron al movimiento. Organizó talleres de sensibilización, animando a los participantes a expresar sus pensamientos a través del arte y la escritura. "Necesitamos crear un espacio donde nuestras voces puedan florecer", dijo, inspirando a muchas jóvenes a hablar sobre las injusticias que estaban experimentando.

Las mujeres mayores también tomaron conciencia de su poder colectivo. Un grupo de madres, que durante mucho tiempo habían sido espectadoras del sufrimiento de sus hijas, se convirtieron en agentes de cambio. Comenzaron a organizar manifestaciones, imprimir folletos y distribuir carteles que proclamaban su derecho a la seguridad y el respeto.

"Es hora de que nosotras, madres y hermanas, ocupemos nuestro lugar en esta lucha", dijo una madre. "Nuestros niños merecen un futuro sin miedo".

Este movimiento de mujeres, impulsado por la ira y la pasión, comenzó a extenderse más allá de las fronteras de las aldeas. Mujeres de pueblos vecinos y zonas rurales, conmovidas por la historia de Aïah, se sumaron a la causa. Las redes sociales, ampliamente utilizadas para difundir el vídeo de Ackeli, también se convirtieron en plataformas para compartir sus historias y expresar solidaridad.

El hashtag #VoixDeFemmes se volvió viral y miles de mujeres contribuyeron compartiendo sus historias y sus luchas contra el abuso de poder. En las pantallas de Gomorra y más allá aparecieron imágenes de manifestaciones en las que mujeres sostenían carteles, revelando un movimiento que ya no podía ignorarse.

El ascenso de la voz femenina en Gomorra no se limitó sólo a gritos de ira. También encarnó gestos de gentileza y solidaridad. Las mujeres comenzaron a ayudarse entre sí, creando redes de apoyo, donde quienes tenían experiencias similares se apoyaban entre sí. Se formaron grupos de autoayuda que proporcionaron recursos a mujeres maltratadas y las ayudaron a reconstruir sus vidas.

"Necesitamos mostrar solidaridad y ayudarnos mutuamente a superar juntos estas heridas", sugirió un participante durante una reunión. "Cada voz cuenta y cada historia es valiosa".

Este cambio de dinámica no pasó desapercibido. Los hombres, sorprendidos por este aumento de poder, tomaron conciencia de la necesidad de un cambio de mentalidad. Algunos, como Félix, el amigo de Ackeli, comenzaron a cuestionar su propio comportamiento y sus prejuicios.

"Es hora de cambiar la forma en que vemos a las mujeres. No deberían ser objetos de deseo, sino socios iguales", dijo en una conversación con amigos.

Los debates sobre los derechos de las mujeres, la igualdad y la justicia cobraron impulso en los cafés, los hogares y las familias. Gomorra estaba cambiando, y las voces de rebelión, llevadas por las mujeres, se habían convertido en el canto de un nuevo comienzo.

El ascenso de la voz femenina en Gomorra no sólo significó una toma del poder, sino también un reclamo de dignidad. Las mujeres, unidas en su lucha, se transformaron en una poderosa palanca de cambio, desafiando la cultura de la sumisión y el olvido. Juntos, forjaron una nueva identidad para su comunidad, basada en el respeto, la solidaridad y la emancipación.

- **El apoyo de otras mujeres del pueblo y el llamado a la justicia**

El apoyo de las mujeres de Gomorra, que hasta entonces había parecido invisible, era ahora una fuerza poderosa y conmovedora. Estas mujeres, que siempre habían sabido permanecer a la sombra de los hombres, despertaron y se rebelaron contra un sistema que las oprimió. Aïah se convirtió en un símbolo, pero fue sobre todo el impulso colectivo que inspiró lo que marcó un punto de inflexión decisivo para el pueblo.

El día que se mostró públicamente el vídeo de Akouar, fue como si se hubiera roto un manto de silencio en Gomorra. Las lenguas se soltaron y lo que antes eran susurros se convirtieron en gritos. Las mujeres comenzaron a hablar, a compartir sus historias de dolor, sufrimiento e injusticia.

"Ya no tenemos miedo", declaró Marika, ex víctima de violencia doméstica, durante una reunión en el ayuntamiento. "Ya no permaneceremos en silencio. Lo que le pasó a Aïah debe dejar de ser un modelo para nuestras hijas".

Las demandas iban mucho más allá del asunto Aïah. Las mujeres querían cambios concretos. Ya no exigían justicia como un favor, sino como un derecho fundamental. Querían que todas las mujeres de Gomorra estuvieran protegidas y que todos los atacantes rindieran cuentas de sus acciones.

Ante esta presión, las autoridades de la aldea comenzaron a sentir la necesidad de responder. Los hombres influyentes, una vez cómodamente instalados en su poder, se vieron obligados a enfrentar esta nueva realidad. La reputación de Ackeli, que hasta entonces había sido intocable, comenzó a desintegrarse.

- **El llamado a la justicia y la reforma**

El impacto del vídeo superó todas las expectativas. Lo que alguna vez fue un pueblo tranquilo, donde se aceptaban los excesos, se convirtió en un terreno fértil para el debate nacional. Los medios externos, inicialmente reacios, comenzaron a cubrir la historia de Gomorra y a cuestionar a la sociedad sobre sus propios excesos.

"Es una pena que recién ahora nos estemos dando cuenta de la profundidad del mal", dijo un periodista local en un programa de radio. "¿Cuántas mujeres se quedaron en silencio, mientras la ciudad se regocijaba con el lujo y los placeres prohibidos?"

El llamado a la reforma se convirtió en un movimiento fundamental, mucho más allá de la pequeña esfera de las mujeres de las aldeas. Figuras públicas, destacadas activistas feministas e incluso figuras políticas nacionales comenzaron a expresar su apoyo. La historia de Aïah ya no era sólo un asunto de aldea; se convirtió en una causa emblemática de la lucha por los derechos de las mujeres en todo el país.

Las manifestaciones que estallaban periódicamente en Gomorra tomaron un cariz más organizado. Aparecieron carteles con potentes lemas como "Justicia para Aïah", "Mujeres en pie" o incluso "Nunca más en silencio". Las mujeres caminaban por las calles, cogidas del brazo, con los rostros marcados por la determinación.

El consejo municipal, ante esta creciente presión, se vio obligado a organizar reuniones públicas para discutir las reformas a considerar. Sabían que este movimiento no se detendría hasta que se tomaran medidas concretas. Las leyes de Gomorra estaban obsoletas y no protegían suficientemente a las mujeres. La aldea no sólo tenía que castigar los crímenes del pasado, sino también planificar un futuro en el que las mujeres serían escuchadas y respetadas.

"Si queremos un futuro para nuestros hijos, ahora es el momento de actuar", dijo un miembro del consejo. "El abuso, los crímenes y la cultura del silencio ya no deben tener cabida en nuestra comunidad".

Aïah, a pesar de su dolor, se sintió fortalecida por este impulso colectivo. Ya no estaba sola en su lucha. Vio los rostros de quienes la habían apoyado y comprendió que lo que estaba viviendo iba mucho más allá de su propia historia. Fue una revolución en la que ella jugó un papel central, pero en la que participaron todas las mujeres de Gomorra.

Así, el pueblo se transformó gradualmente en un lugar donde las conversaciones sobre respeto, igualdad y justicia tuvieron prioridad sobre antiguas tradiciones de silencio y sumisión. Las mujeres de Gomorra se habían levantado y no había vuelta atrás.

Parte VI: Reconstrucción y Renovación
Capítulo 15
El reflejo de Aïah

La calma que siguió a la tormenta parecía casi irreal. Después de meses de tormento, exposición pública, vergüenza e ira, Aïah finalmente se encontró sola frente a ella misma. El pueblo de Gomorra, antaño inmerso en una atmósfera de celebración sin límites, se estaba transformando poco a poco. La revuelta había dejado profundas huellas, pero la reconstrucción estaba en marcha.

Para Aiah, sin embargo, la verdadera batalla estaba dentro. Los recuerdos de la fatídica noche todavía la atormentaban, y cada rincón del pueblo todavía parecía llevar la sombra de Ackeli. Pero más que el miedo, era la idea de su futuro lo que la atormentaba. ¿Debería huir de Gomorra para reconstruir su vida en otro lugar o quedarse y participar en la transformación de la ciudad?

Sus pensamientos estaban enredados. Por un lado, vio en Gomorra el símbolo de su sufrimiento, un lugar donde cada calle llevaba el peso de miradas y juicios. Por otra parte, Gomorra fue también la cuna de su fortaleza. Fue aquí donde descubrió el poder de su propia voz, donde inspiró una rebelión silenciosa que se convirtió en un movimiento de solidaridad. Por primera vez, sintió que tenía un lugar en la historia, no sólo como víctima, sino como agente de cambio.

Aïah sabía que ahora tenía que reconstruirse. No sucedería en un día, ni siquiera en un mes, pero estaba dispuesta a luchar para encontrar la paz interior. A menudo miraba al cielo desde la casa del Eva 3, pensando en su madre, en los consejos que le daba su padre cuando era niña. Recordó aquellos días en los que la vida parecía sencilla, antes de que el peso del mundo cayera sobre ella.

Una mañana, mientras el sol asomaba entre las montañas, tomó una decisión. Huir no solucionaría nada. Este pueblo, a pesar de su oscuridad, también era un lugar donde ella podía renacer. Pero para ello, primero tuvo que perdonarse a sí misma. Perdonando el miedo, la vergüenza y la culpa que había internalizado desde esa noche. Comprendió que su curación no sólo dependería de la justicia exterior, sino también del camino de la reconciliación interior.

"Es hora de que me haga cargo de mi vida", susurró suavemente, mirando el reflejo de su rostro en el pequeño río que serpenteaba cerca de su casa.

Resiliencia silenciosa

A pesar de las heridas que aún quedaban, Aïah se dio cuenta de que poseía nuevas fuerzas. Resiliencia. Esta capacidad de levantarse después de cada caída, de reconstruirse a pesar del dolor. Cada paso que daba la acercaba un poco más a la mujer que aspiraba a ser: independiente, fuerte y consciente de su valor.

No podía cambiar el pasado, pero ahora tenía el poder de definir su futuro. Y quería que su futuro estuviera lleno de significado, acción y transformación. Gomorra ya no era la ciudad del libertinaje donde todo se olvidaba en placeres efímeros. Con el levantamiento de las mujeres, poco a poco se convirtió en un lugar de renovación, donde la gente aprendió a mirar más allá de las apariencias y a reflexionar sobre los verdaderos valores humanos.

"Has pasado por un infierno y todavía estás en pie", le dijo un día Akouar, su tío, durante una visita. "Esta es una prueba de que eres mucho más fuerte de lo que imaginabas".

Aiah asintió en silencio. Sabía que el camino hacia la recuperación sería largo, pero con el amor de su padre, la solidaridad de las mujeres de Gomorra y su propio deseo de redención, podía imaginar un futuro diferente, un futuro en el que su dolor ya no sería un problema. prisión, sino una fuente de fortaleza.

Reconciliación con su pasado

Una parte importante del proceso de curación de Aiah fue enfrentar su pasado, no huir de él. Los recuerdos de su madre, que murió cuando ella aún era joven, volvían a menudo. Su madre había sido una mujer amable pero firme, una protectora cuya sabiduría ella carecía. Aïah comenzó a buscar en los recuerdos de la infancia la paz que no había sentido en años.

Decidió pasar más tiempo con su padre, Jusuf, ese hombre fuerte que la había criado con tanto amor. Su relación había sufrido bajo el peso de los acontecimientos recientes, pero ahora Aïah estaba lista para volver a conectarse con él. Él siempre había sido su pilar, pero el silencio que ella le había impuesto sobre lo vivido lo había distanciado de ella.

Una noche, mientras compartían una cena sencilla en casa, Aïah respiró hondo y decidió contárselo todo.

"Papá, es hora de que sepas lo que realmente pasó esa noche".

La mirada de Jusuf se endureció, no por ira, sino por un profundo dolor. Siempre había sentido que algo grave pesaba sobre su hija, pero Aïah nunca había dicho esas palabras.

"No tienes que decirlo todo si te duele demasiado", le dijo suavemente.

"Tengo que hacerlo, por los dos", respondió ella.

Las palabras salieron, la historia, dolorosa, pero liberadora. Jusuf escuchó en silencio, con los ojos llenos de una inmensa tristeza por lo que su hija tuvo que soportar sola. Pero al final de su relato, él la tomó de la mano y le dijo:

"Estoy orgulloso de ti. Orgulloso de que hayas encontrado el coraje para hablar, luchar y sobrevivir. Estoy aquí ahora y siempre estaré aquí para ti".

Por primera vez en meses, Aïah lloró en los brazos de su padre, dejando que sus emociones enterradas resurgieran. Estas lágrimas, que alguna vez la hicieron vulnerable, ahora le brindaron una forma de redención.

La reconciliación con su padre, aunque no pudo borrar el pasado, le dio a Aïah la paz interior que había buscado desesperadamente. Fue un nuevo paso en su proceso de curación. Estaba dispuesta a seguir adelante, a reconstruir su vida y a darle un nuevo sentido a su existencia.

- **Los efectos del incidente en su vida**

Los meses posteriores al incidente fueron una prueba de fuerza para Aïah. El trauma estaba profundamente dentro de ella y sabía que no encontraría la paz de la noche a la mañana. Cada mañana, levantarse de la cama requería un esfuerzo monumental, como si todo su cuerpo luchara contra los dolorosos recuerdos que atormentaban sus noches. Sin embargo, a pesar del dolor persistente, se negó a dejar que la abrumara.

En Gomorra, miradas curiosas y compasivas la seguían a todas partes. Los murmullos en las calles, las conversaciones susurradas, todo eso la devolvía constantemente a este acontecimiento que intentaba olvidar. El vídeo, revelado a plena luz del día, la había convertido en una figura pública en esta lucha por la verdad y la justicia, pero ella no había elegido esta batalla. Simplemente había sido impulsada a una realidad que nunca había imaginado.

Sin embargo, Aïah sabía que tenía que reconstruirse para no caer en la desesperación. El sufrimiento es una fuerza destructiva, pero también puede ser un punto de partida para la renovación. Luego se dedicó a lo que siempre había sido su pasión: la naturaleza, la tierra y el trabajo manual. Encontró consuelo en la jardinería y volvió a las raíces simples. La conexión con la tierra le ayudó a canalizar sus emociones y calmar su mente atormentada.

"La tierra cura de muchas maneras", le decía a menudo su padre, que pasaba largas horas trabajando en el campo. Siguiendo su ejemplo, Aïah comenzó a plantar semillas, a ver crecer flores y frutos como símbolos del renacimiento que deseaba para sí misma.

La pequeña parcela de tierra que cuidaba se convirtió en su refugio, un lugar donde podía reconectarse consigo misma y recordar que todavía tenía el poder de crear, construir y ver crecer la belleza incluso después de la tormenta.

- **Aïah encuentra formas de reconstruirse**

Poco a poco, Aïah inició un proceso de curación que implicó no sólo un trabajo físico, sino también un trabajo interior. Comenzó a escribir, a expresar sus emociones en diarios, a captar ese flujo de pensamientos que la invadían. Para ella, escribir se convirtió en una terapia, una forma de darle sentido a lo que había experimentado. Sus palabras, al principio vacilantes, se volvieron más seguras, más asertivas a medida que avanzaba en su búsqueda de significado.

El apoyo de la comunidad también ayudó a que siguiera adelante. Después de ver el vídeo del ataque, varias mujeres del pueblo se acercaron a ella y le contaron sus propias historias de sufrimiento y supervivencia. Estos momentos de compartir, aunque intensos y a menudo dolorosos, crearon una forma de solidaridad entre ellos. Aïah comprendió que no estaba sola en esta lucha, que otros antes que ella habían pasado por experiencias similares y habían encontrado formas de seguir viviendo.

"Eres mucho más fuerte de lo que crees", le dijo un día Malia, una mujer local que había superado los abusos en su juventud. "Lo que uno hace al ponerse de pie, al enfrentar todo esto, ya es una victoria".

Estas palabras resonaron profundamente en Aiah. La fuerza que extraía de su comunidad, de sus aliados inesperados y de los simples gestos de la vida cotidiana le permitió recuperar gradualmente una cierta estabilidad. Descubrió que, incluso después de una caída tan brutal, era posible volver a levantarse.

La música, que alguna vez fue una pasión compartida con Ackeli, también regresó a su vida, pero de una manera diferente. En lugar de ser una fuente de tensión y recuerdos dolorosos, aprendió a utilizar la música como herramienta calmante. Comenzó a componer melodías sencillas con la vieja guitarra de su padre, a cantar suavemente en su jardín, como para calmar las tormentas internas.

Aïah también se rodeó de nuevas amistades y encontró apoyo entre otros jóvenes del pueblo que compartían su deseo de reinventar Gomorra. Juntos organizaron reuniones donde hablaron sobre el futuro, la justicia y la reforma. Para Aïah, estos intercambios fueron esenciales porque le recordaron que, a pesar del sufrimiento, la vida continúa.

Con el tiempo, aunque las cicatrices de su pasado no desaparecieron por completo, aprendió a vivir con ellas, a integrarlas en su historia sin dejar que la definan por completo. La resiliencia que desarrolló se convirtió en su arma más poderosa, permitiéndole avanzar con una nueva perspectiva de la vida.

Sabía que aún quedaba un largo camino por recorrer, pero ahora estaba lista para abrazar su futuro, para luchar por una vida que finalmente pudiera considerar suya.

- **Las dudas y esperanzas que lo atraviesan**

A pesar de sus esfuerzos por reconstruirse, Aïah se vio asaltada constantemente por las dudas. El peso del incidente permaneció dentro de ella, como una sombra que nunca se desvaneció del todo. A veces, en momentos de soledad, se preguntaba si realmente sería capaz de pasar página, si algún día podría volver a una vida "normal". Las miradas de la comunidad, aunque a menudo amables, le recordaban todos los días que era ella quien cuya historia había roto el silencio de Gomorra.

El sentimiento de vergüenza, tan profundo que parecía arraigado en sus huesos, volvía una y otra vez. Luchó por deshacerse de esa culpa que cargaba a su pesar, como si fuera responsable de lo que le había sucedido. ¿Por qué no había gritado? ¿Por qué no había logrado escapar de Ackeli esa noche? Estas preguntas dieron vueltas en su mente, socavando sus esfuerzos por seguir adelante.

"Es imposible reconstruir un futuro sin antes hacer las paces con el pasado", le había dicho su padre una tarde, mientras trabajaban juntos en el jardín. "No eres tú la culpable, hija mía. No has hecho nada malo".

Estas palabras, aunque importantes, a veces resultaban difíciles de asimilar. Las voces de sus propias dudas eran a menudo más fuertes. Sin embargo, en medio de estos tormentos, la esperanza a veces encontraba un camino, discreto pero persistente.

La esperanza de un futuro diferente, de una vida que ya no estaría definida por este trágico acontecimiento. La esperanza de liberarse, de reinventar su identidad, de recuperar el control sobre lo que quería ser. En esos momentos de claridad, imaginaba un futuro donde encontraría la paz, donde el dolor se desvanecería con el tiempo, dando paso a algo más suave, más luminoso.

Sabía que no sucedería de la noche a la mañana. Pero con cada gesto de apoyo de sus allegados, con cada pequeño progreso que lograba, esta esperanza se hacía un poco más tangible.

"Eres fuerte, Aïah", le recordaba a menudo Malia, una de sus nuevas amigas. "Lo que estás pasando es una terrible experiencia, pero creo en ti. Un día, mirarás hacia atrás y verás cuánto has crecido".

Estas palabras calentaron el corazón de Aïah. Aunque el miedo al futuro seguía presente, al igual que las dudas sobre su capacidad para reconstruirse por completo, empezó a ver la posibilidad de una renovación. Sabía que no podía volver a ser quien era antes, pero tal vez, sólo tal vez, podría convertirse en alguien más fuerte, más resistente.

Sus sueños para el futuro, alguna vez vagos, fueron tomando forma gradualmente. Imaginó un mundo donde triunfaría la justicia, donde las mujeres de Gomorra –y tal vez incluso de otros lugares– encontrarían la fuerza para hablar, defenderse y exigir sus derechos. Soñaba con una ciudad donde las víctimas ya no serían silenciadas, donde el poder y la corrupción ya no prevalecerían sobre la dignidad humana.

Aïah aún no estaba segura de cómo llegaría allí, pero se había encendido una llama en su interior, la de la convicción de que las cosas tenían que cambiar. Y esta llama, aunque todavía frágil, alimentó sus esperanzas.

Capítulo 16
El peso de la verdad

Cuando la verdad salió a la luz, las ondas expansivas continuaron extendiéndose, afectando no sólo a Ackeli y Aïah, sino también a todo el pueblo de Eva 3 y a la ciudad de Gomorra. El peso de la verdad, una vez revelada, se convirtió en una carga para quienes durante mucho tiempo la habían ignorado o reprimido. Para la comunidad fue como un largo letargo del que apenas comenzaba a despertar, pero las consecuencias de esta revelación fueron pesadas para todos.

Aïah, que había vivido esta dolorosa experiencia, se vio arrojada al centro de debates que nunca había querido liderar. Sus recuerdos, aún vívidos, seguían regresando a él, especialmente con cada interacción con aquellos que sabían la verdad. El silencio cómplice de unos y las miradas compasivas de otros se convirtieron en un peso sobre sus hombros. Los murmullos en el pueblo, las miradas y, a veces, las cosas que no se decían, todo esto parecía alimentar un pesado clima de juicio a su alrededor.

La verdad, si bien esencial para la justicia, ahora tenía su propio costo. Para Aïah, esta revelación había abierto la puerta a un mundo donde la vergüenza y el trauma se enfrentaban a las expectativas sociales. Sabía que este camino hacia la reconstrucción sería difícil, porque aunque Ackeli había sido desenmascarado, su corazón seguía magullado.

"¿La verdad siempre trae paz?" le preguntó a su padre, Jusuf, un día mientras estaban sentados juntos en el balcón de su casa, contemplando la puesta de sol detrás de las colinas.

"La verdad a veces es como un espejo, hija mía", respondió con voz profunda. "Puede mostrarte cosas que prefieres ignorar, pero también te permite ver con claridad, verte a ti mismo. La paz llega con el tiempo. Pero debes estar dispuesto a aceptarla, a dejar que las heridas sanen".

Estas palabras, aunque reconfortantes, dejaron a Aïah todavía insegura. ¿Cómo podríamos encontrar la paz en un mundo que parecía enamorado de la oscuridad de lo que le había sucedido? ¿Cómo podemos perdonarnos a nosotros mismos por llevar sobre nuestros hombros la marca de la violación, aunque la sociedad haya hecho de ello un espectáculo? El peso de la verdad era una carga que llevaba sola, a pesar del apoyo de sus seres queridos.

Por su parte, Akouar, que había tomado la difícil decisión de revelar el vídeo de la violación, también sintió el peso de sus propios actos. Si estaba convencido de que había hecho lo correcto, no había dejado de tener consecuencias. El vídeo, aunque expuso a Ackeli y desató un movimiento de solidaridad a favor de Aïah, también reavivó profundas tensiones en la comunidad.

Ackeli, ahora públicamente deshonrado, continuó luchando contra la tormenta social y mediática que lo rodeaba. Se negó a ser derrotado fácilmente y se negó a admitir públicamente sus acciones. Su reputación, alguna vez radiante, se derrumbó un poco más cada día, pero persistió en ser víctima de lo que describió como un "complot orquestado" por sus enemigos.

En los círculos de influencia en los que alguna vez se movió, la caída de Ackeli se convirtió en tema de discordia. Algunos de sus antiguos aliados, buscando proteger sus propios intereses, trataron de distanciarse de él. Otros, más atrevidos, todavía lo apoyaron, alegando que todo fue un montaje. La verdad se convirtió en un campo de batalla y las versiones de los hechos fueron distorsionadas en conversaciones privadas y discursos públicos.

Para Aïah, sin embargo, la parte más difícil fue vivir con esta carga personal, mientras todos parecían dueños de su historia. Cada uno tenía su opinión, cada uno creía saber lo que ella sentía, pero ella sola llevaba el peso del trauma.

Una noche, mientras caminaba sola por los callejones del Eva 3, tratando de encontrar un poco de paz lejos de las miradas indiscretas, se encontró cara a cara con una de las amigas cercanas de su madre, una mujer llamada Sofía. Sofía, una mujer de rostro marcado por los años y la experiencia, la miraba con una profunda tristeza en los ojos.

"Lo siento, hija mía", dijo en voz baja, "lamento que tengas que cargar con esta carga, pero debes saber una cosa, Ayah: la verdad, por dura que sea, te liberará de ella. No hoy, ni mañana, pero un día comprenderéis que la verdad, por pesada que sea, es el primer paso hacia la curación."

Aïah asintió sin decir una palabra, conmovida por estas palabras. Sabía que no estaba sola en esta lucha, pero el camino hacia la recuperación todavía parecía muy largo. El peso de la verdad, aunque aplastante, tal vez eventualmente se aligeraría con el tiempo.

• Las consecuencias de la exposición de Ackeli

Cuando la verdad sobre Ackeli fue revelada a la comunidad de Gomorra, se produjo un terremoto social que sacudió los cimientos de la ciudad. La exposición del vídeo de Akouar provocó una onda expansiva que resonó mucho más allá de los muros del pueblo y marcó la brutal caída del hombre que alguna vez fue admirado y envidiado por todos.

Ackeli, anteriormente celebró como una estrella en ascenso en el mundo con la ciudad , se convirtió en de repente en la encarnación del vicio y con la ciudad perversión en los ojos con mucho. Su rostro, anteriormente glorificado en los carteles y los pantallas, se convirtió en sinónimo con deshonra. En todas partes en la ciudad , comenzaron las conversaciones , los los murmullos crecieron y los facciones formando. Algunos continuaron de negar, incapaces con creer que su ídolo podría cometer un acto también despreciable, mientras que otros se sintieron traicionados, tomados con disgusto ante de esta deslumbrante verdad.

Las redes sociales ardieron en llamas, cada quien opinaba al respecto. El apoyo del artista, por ferviente que fuera, fue disminuyendo considerablemente con el paso de los días. Fue un golpe de gracia para la carrera de Ackeli, que sufrió un declive tan meteórico como su ascenso al poder. Los productores lo abandonaron, sus conciertos fueron cancelados y sus antiguos amigos, ansiosos por preservar su imagen, se alejaron de él como la peste.

En los calles de Gomorra, la ira hervía. La exposición del violación de Aïah había hecho a desnudo no solo la oscuridad de Ackeli, pero también la cultura permisiva que había mucho tiempo reinado en esta ciudad. La ciudad , una vez indiferente a los excesos y a inmoralidad, comenzó a pregunta sobre sus valores y los límites del poder que la celebridad y dinero conferido a algunos.

se negó , acorralado, dejar que obligado a a para dejar que de para la vida pública. Su habitual ego, , esa sonrisa encantadora , todo que pareció desaparecer en a un dejando lugar a pequeño un aterrorizado por la magnitud de las consecuencias de para acciones. Su ego, una vez de gran tamaño, se desmoronó pequeño bajo pequeño bajo el peso de el escándalo . Pero incluso si él fue socialmente crucificado, Ackeli se negó a para dejar que derribar totalmente. En las sombras, él continuó para esquema, buscando un camino para restaurar su escudo de armas, para convertir la opinión pública a su favor. Las disculpas no vendrían .

Para Aïah, pues que el disparó foco sobre el verdad lo tiene trajo una cierta forma justicia, este significó no el fin su sufrimiento. La exposición pública su violación, incluso si ella había permitido a desenmascarar Ackeli, había dejado de los profundas cicatrices en ella. En todas partes donde ella iba, ella sentía las miradas pesadas de los habitantes, como si su dolor se hubiera convertido en un espectáculo.

"Nunca quise que nada de esto se hiciera público", le confió a Akouar una noche, con la garganta apretada por las lágrimas. "Pero te agradezco, tío, por hacer lo necesario aunque no sé si lo lograré..."

"No estás solo en esta batalla, Aiah", respondió con voz suave pero firme. "Lo que pasaste merece ser reconocido y es hora de que este pueblo cambie. Lo que hice, lo hice por ti, pero también por todas las mujeres como tú. Nunca más dejaremos que estas cosas queden sin decirse".

Las palabras de Akouar lo calmaron, pero ellos no pudieron borrar los estigmas de trauma. Cada día, ella tuvo que enfrentar la mirada de aquellos que conocían, de aquellos que susurraban. Algunos la vieron a como un víctima, otros como la mujer que había hizo que cayera un leyenda. Y más allá de de todo eso, ella tuvo que componer con sus propias emociones, un mar de dolor, de vergüenza, pero también de resiliencia y de fuerza que comenzó lentamente para emerger.

La caída de Ackeli marcó también un punto de inflexión para Gomorra. Las murmullos de las mujeres, largos ahogados, comenzaron a levantarse con más de fuerza. Las revelaciones sobre el abuso de poder y la impunidad en esta ciudad se convirtió en un sujeto de conversación abierta , alimentando un movimiento de silenciosa revuelta pero inevitable. El cambio fue el .

Ackeli, en cuanto a para él, ¿ se dio cuenta quizás no todavía que qué que él había perdido fue no solo su reputación, sino también el control que él pensó que había sobre aquellos que lo rodearon. Su caída fue no solo el resultado de su acciones, sino también el símbolo de un sistema que colapsó bajo el peso de su propio contradicciones.

- **Personajes a lo largo de la historia**

A medida que avanzaba la historia, los personajes secundarios adquirían cada vez más importancia, y cada uno desempeñaba un papel clave en los acontecimientos venideros. La caída de Ackeli ya no fue sólo una cuestión de venganza o justicia para Aiah, sino un importante punto de inflexión que sacudió a toda la comunidad de Gomorra y más allá. Las tensiones aumentaron y las relaciones entre los diferentes personajes se volvieron cada vez más complejas.

Akouar, el tío de Aïah, se había consolidado hasta entonces como un pilar moral, dispuesto a todo para proteger a su sobrina. Sin embargo, los conflictos internos lo devoraron. El peso de sus propias decisiones, la de publicar el vídeo y revelar públicamente los horrores que había visto, lo perseguía. Su papel de vigilante involuntario le valió tanto elogios como críticas. Algunos lo vieron como un héroe, mientras que otros, influenciados por los seguidores de Ackeli, lo consideraron un traidor, dispuesto a sacrificar a su propia familia para satisfacer sus venganzas personales.

"Hice lo que había que hacer", se repetía a menudo, plagado de dudas, en momentos de soledad. "¿Pero a qué costo?"

Jusuf, el padre de Aïah, fue otra figura clave en esta lucha interna. El estoico hombre, que alguna vez fue un símbolo de estabilidad y moralidad para su hija, también estaba comenzando a ceder bajo la presión de las revelaciones. El sufrimiento de su hija fue una prueba que nunca imaginó y ahora se encontró frente a un dilema emocional: proteger a Aiah o dejar que la justicia siga su curso. Jusuf, alguna vez tan reservado y moderado, se fue transformando gradualmente en un hombre decidido a defender el honor de su hija, sin importar las consecuencias.

"Nadie escapa a sus acciones, Ackeli", murmuró Jusuf una tarde, solo en su oficina, mirando una foto familiar. "Nadie contamina a mi hija sin pagar el precio".

Mientras tanto, el personaje de Ackeli siguió sufriendo una inquietante transformación. Desesperado por la pérdida de su estatus de celebridad, vio cómo el mundo se desmoronaba a su alrededor. Pero en lugar de aceptar su derrota, persistió en sus manipulaciones, buscando formas de recuperar el control. Su popularidad estaba decayendo, sus conciertos fueron cancelados, sus patrocinadores lo abandonaron. Sin embargo, la arrogancia que lo caracterizaba no había debilitado. Todavía albergaba la esperanza de que esta situación fuera sólo un obstáculo temporal y que, de una manera u otra, saldría ileso de esta crisis.

"No pueden destruirme", se repetía Ackeli, sentado en la oscuridad de su lujosa casa, con los ojos fijos en una carta que rescindía un contrato de gira. "Soy Ackeli Hicha, volveré, soy invencible".

Pero con el paso de los días, Ackeli se dio cuenta de que la realidad era muy diferente. El apoyo político y financiero que lo había impulsado a la cima comenzó a escabullirse bajo sus pies. Quienes antes habían hecho la vista gorda ante sus excesos se distanciaban de él, sintiendo que el viento soplaba. Se acercaba el momento del ajuste de cuentas.

Mientras tanto, aparecieron nuevos aliados en la vida de Aïah. Las mujeres del pueblo, conmovidas por su historia, se unieron para apoyarla. Entre ellos se encontraba Noura, una reconocida abogada de Gomorra, que se enteró del caso y decidió implicarse para defender los derechos de Aïah.

"Es hora de hacer oír nuestra voz", dijo Noura a Aïah durante una reunión discreta. "No es sólo tu lucha, es la lucha de todas las mujeres que este sistema ha aplastado a la sombra de la gloria y el poder. Ackeli debe responder por sus acciones, pero también debemos luchar por un cambio más profundo".

Con Noura a su lado, Aïah empezó a encontrar un poco de esperanza. Esta lucha que parecía tan personal, tan aislada, ahora se convirtió en un movimiento de resistencia contra la corrupción y el abuso de poder. La fuerza de la solidaridad le dio nueva vida, una nueva determinación de no permanecer más en silencio.

"No nos detendremos ahí", dijo Noura durante una reunión con otras víctimas de violencia similar, listas para testificar contra otros hombres influyentes de Gomorra. "Ackeli no será el único en caer".

Pero a pesar de la esperanza emergente, el peligro persistía. Ackeli, incluso debilitado, no estaba dispuesto a aceptar su derrota. Siempre utilizó sus últimas redes de influencia para intentar salir de este asunto, dispuesto a todo para evitar la humillación de una condena. La amenaza que representaba para Aïah seguía siendo muy real y la tensión aumentaba a medida que se avecinaba la batalla legal.

Todo dejó un sabor amargo de suspenso, porque incluso cuando las fuerzas se reunieron para derribar a Ackeli, él parecía dispuesto a hacer cualquier cosa para salvar lo que quedaba de su imperio. La suerte de Aïah, como la de su verdugo, seguía en suspenso, ante la inminencia de un juicio que prometía ser explosivo.

El final de este capítulo fue sólo el comienzo de una lucha más amplia, una lucha que vería a la comunidad de Gomorra dividida entre quienes querían un cambio profundo y quienes querían mantener el corrupto status quo. En este contexto, el futuro de Aïah y el de toda una generación de mujeres quedó escrito con letras de sangre y valentía. Pero esto no terminó. Ackeli aún no había sido encarcelado y lo peor, o lo mejor, estaba por llegar.

El suspenso continuó...

Epílogo

Los días posteriores al juicio de Ackeli estuvieron marcados por un extraño silencio en el pueblo de Gomorra. Un silencio pesado, casi opresivo, que parecía pesar sobre los habitantes. Los callejones de Eva 3, alguna vez tan vibrantes con música y festividades, ahora estaban habitados por una penumbra palpable, un vacío dejado por la caída de quien había dominado las mentes y los corazones durante tanto tiempo.

Aïah, por su parte, vivía una mezcla de emociones contradictorias. La victoria legal le ofreció alguna forma de justicia, pero el dolor seguía a flor de piel. Su padre, Jusuf, se había convertido en su apoyo más valioso, a pesar de la distancia emocional que los separaba desde hacía mucho tiempo. Su relación, marcada por el sufrimiento común y la necesidad mutua de curación, había dado un nuevo giro. Juntos buscaron reconstruir sus vidas, un día a la vez.

El juicio reveló mucho más que las acciones de Ackeli. Toda Gomorra se encontró expuesta, despojada, ante sus propios excesos y sus silencios cómplices. La caída de Ackeli había dejado al descubierto las profundas fisuras de una sociedad consumida por el abuso de poder, y aunque algunos encontraron motivos para celebrar la condena de su antiguo ídolo, muchos se preguntaron si sería suficiente para cambiar realmente las cosas.

"¿Es esto sólo el comienzo de una nueva era o simplemente una ilusión de justicia?" Se preguntaba Aïah, sentada junto al mar, de cara al horizonte, con el pensamiento lleno de dudas.

La verdad, a pesar de todo, había salido a la luz y el vídeo de Akouar había sido el detonante de un movimiento más amplio. Las mujeres de Gomorra, inspiradas por el coraje de Aïah, habían comenzado a organizarse, a hablar del sufrimiento enterrado durante años, incluso generaciones. Las reuniones discretas se convirtieron en asambleas de demandas, y las voces que se alzaban en los oscuros callejones de

Gomorra exigían justicia, no sólo para Aiah, sino para todos aquellos que habían sido silenciados.

Para Ackeli, el veredicto ya estaba pronunciado. Encarcelado en una prisión aislada, recibió pocas visitas y todos sus antiguos aliados lo habían abandonado. Su gloria pasada ya no le servía de escudo. Sin embargo, en las sombras de su celda, todavía albergaba pensamientos de venganza y se negaba a aceptar su derrota.

"No ganaron", repetía a menudo, como para convencerse a sí mismo. "Es sólo cuestión de tiempo".

Pero el mundo había cambiado. La Gomorra que alguna vez lo había celebrado ya no era la misma. El movimiento feminista, impulsado por el asunto, siguió creciendo y una nueva generación, más consciente, más despierta, iba tomando forma. Las viejas estructuras de poder estaban tambaleándose, y aquellos que durante mucho tiempo se habían beneficiado de la injusticia sabían que sus días estaban contados.

Akouar, por su parte, vivió con el peso de sus decisiones. La decisión de filmar y transmitir la verdad tuvo repercusiones más allá de lo que había previsto. Pero a pesar de las críticas, sabía que había hecho lo que tenía que hacer. El camino hacia la reconciliación consigo mismo sería largo, pero encontró algo de paz al saber que la verdad finalmente había sido revelada.

En este contexto de profundos cambios sociales, Aïah, a pesar de sus dudas, buscaba un nuevo sentido a su vida. Ya no era sólo una víctima, sino una figura de resiliencia. Sabía que su historia no había terminado, que le esperaban otras pruebas, pero también sentía la fuerza de un futuro más justo, un futuro donde sus cicatrices se convertirían en símbolos de lucha y supervivencia.

Y mientras estaba de pie frente al mar, sintió, por primera vez en mucho tiempo, un soplo de libertad.

"Estoy lista", susurró, mirando al horizonte. "Listo para vivir, para seguir adelante, pase lo que pase".

El mar silencioso pareció devolverle el eco, como para sellar esta nueva promesa.

Se había ganado la batalla por la justicia, pero todavía quedaba un largo camino por recorrer para que las heridas sanaran por completo. Sin embargo, Aïah sabía que, de ahora en adelante, ya no estaría sola en esta lucha.

El suspenso permaneció. Otras batallas, otras verdades aún esperaban ser reveladas.

Y Ackeli, desde lo más profundo de su prisión, aún no había dicho su última palabra...

Continuará...

Don't miss out!

Visit the website below and you can sign up to receive emails whenever Marie Dachekar Castor publishes a new book. There's no charge and no obligation.

https://books2read.com/r/B-A-YQQNC-RBBIF

BOOKS 2 READ

Connecting independent readers to independent writers.

Did you love *"Entre amor y locura: placer, poder y corrupción a Gomorra"*? Then you should read *"Entre el amor y la locura: Placer, poder y corrupción en Gomorra"*[1] by Marie Dachekar Castor!

La historia se desarrolla principalmente en la ciudad de Gomorra, una metrópoli moderna conocida por sus placeres sin límite y su corrupción omnipresente. Es una sociedad donde todo está permitido, donde la sed de poder y de placer domina, y donde las reglas morales parecen colapsar bajo el peso de los excesos. Aïah, aunque originaria de Eva 3, un modesto pueblo en las afueras de Gomorra, siempre ha intentado mantenerse alejada de las tentaciones de esta ciudad. Vive protegida por su padre, Jusuf Nock Ehén Boulaïf, un hombre respetado, y por sus hermanos, todos profesionales consolidados, quienes han construido

---

1. https://books2read.com/u/bwkBrY

2. https://books2read.com/u/bwkBrY

una barrera moral a su alrededor. Aïah aspira a una vida simple, lejos de los focos y de las seducciones de la ciudad.

Todo cambia durante la fiesta anual del pueblo, donde la emoción está en su apogeo. Entre los invitados se encuentra Ackeli Hicha, un cantante popular de encanto irresistible y ego desmesurado. Obsesionado con Aïah desde hace tiempo, ve esta fiesta como la ocasión ideal para conquistarla, a pesar de sus numerosos rechazos. Esa noche, su obsesión se transforma en violencia: Ackeli la acorrala y la viola, rompiendo para siempre su inocencia. La escena es observada en secreto por Akouar, el tío de Aïah, quien filma la agresión, debatiéndose entre la indignación y el miedo a las consecuencias.

La novela entra en una espiral dramática cuando Akouar decide revelar el video de la agresión en un momento de tensión intensa durante la fiesta. La verdad sale a la luz, exponiendo no solo la brutalidad de Ackeli, sino también la fragilidad de la reputación de Aïah. Esta revelación conmociona a todo el pueblo e inicia una lucha moral y social entre la justicia y la venganza, donde las líneas entre víctima y culpable se desdibujan.

A través de los ojos de Aïah, el lector descubre el dolor, la vergüenza, y el peso del silencio que la aplasta después de esa trágica noche. Ella lucha con sus emociones, mientras se ve obligada a navegar entre las expectativas de su familia, los juicios de la sociedad, y su propio deseo de redención. Mientras tanto, Ackeli, aunque desenmascarado, se niega a someterse a la justicia, continuando usando su poder y su fama para manipular a su entorno.

Por su parte, Akouar se convierte en un personaje central en esta búsqueda de justicia. Encarnando a la vez la ira de un testigo y el protector moral de su familia, al exponer la verdad, sumerge a la comunidad en un debate sobre la moralidad, la justicia y el papel de

Also by Marie Dachekar Castor

5
Entre amour et Folie : Le plaisir, le pouvoir et la corruption à Gomorrhe
"Entre el amor y la locura: Placer, poder y corrupción en Gomorra"
"Entre amour et folie: Le plaisir, le pouvoir et la corruption à Gomorrhe"
"Entre amor y locura: placer, poder y corrupción a Gomorra"
Entre amour et folie: le plaisir, le pouvoir et la corruption à Gomorrhe

Standalone
Au delà des préjugés: L'amour au coeur des obstacles
El precio de la desesperación: Inmersión en la realidad de la prostitución y búsqueda de soluciones
Los tabúes de la sociedad
Las Complejidades de la Infidelidad en las Relaciones entre Hombre y Mujere
Recetas magicas
"Entre la belleza de la juventud y el miedo a envejecer: La alimentación como clave para la vitalidad."